實情與幻境

——蘇軾辭賦創作篇章之研究

◉ 葉亮吟 著

目　次

第一章　緒論..1

　　第一節　研究動機與目的..1

　　第二節　研究方法與範疇..4

第二章　蘇軾之辭賦創作與人格特質..........................29

　　第一節　蘇軾仕宦與遷謫..31

　　第二節　蘇軾之人格精神..34

　　第三節　蘇軾辭賦創作風格與內涵................................55

第三章　蘇軾辭賦之內容建構....................................61

　　第一節　古賦..63

　　第二節　律賦..85

　　第三節　散文賦..101

第四章　蘇軾辭賦之形式結構..................................111

　　第一節　古賦之章法類型..113

第二節　律賦之章法類型 117

第三節　散文賦之章法類型 121

第四節　蘇軾賦作篇章結構之特色 126

第五章　蘇軾辭賦之美學意涵 139

第一節　情韻美 139

第二節　結構美 148

第三節　語言美 160

第六章　蘇軾辭賦之貢獻與影響 167

第一節　蘇軾辭賦之貢獻 169

第二節　蘇軾辭賦之影響 171

第七章　結論 177

引用文獻 183

附錄一　蘇軾辭賦創作年表 197

附錄二　〈新店賦〉.. 201

附錄三　前、後〈赤壁賦〉............................ 203

第一章　緒論

第一節　研究動機與目的

　　本文之寫作動機與目的即在於奠定蘇軾（西元 1037~1101）辭賦研究的基礎工程與基礎理論的建設，以及蘇軾辭賦研究領域的開拓，簡師宗梧曾指出賦是漢語文學特有的體類[1]，而古者言賦，介於詩文之間，歷代學者有著以下的解釋和認知，如：班固〈兩都賦序〉：「賦者，古詩之流，不歌而誦之謂賦。」陸機〈文賦〉：「賦，體物而瀏亮。」鍾嶸《詩品‧序》：「賦者，直陳其事，體物寫志。」《文心雕龍‧詮賦》：「賦者，鋪也，鋪采摛文，體物寫志也」[2]。就賦這種文學體裁而言，固然是免不了要言詞華麗、繁采增文，正如章程燦所說：「這一特徵僅能說是賦的充要條件而非必要條件」[3]，因此而發展出了多樣賦體，在宋代更是大放異彩。自屈、宋以下，歷代都有賦作大家寫出動人心志、傳頌千古之佳作，逮宋代，亦不能不提及大文豪蘇軾的賦作。

---

[1]　簡宗梧：〈賦體之典律作品及其因子〉，台中《逢甲人文社會學報》（2003 年第 6 期），頁 1。

[2]　（梁）劉勰：《文心雕龍》（台北：五南圖書公司，1996 年），頁 276。本文所引本書資料，皆出於此，下文不再詳注。

[3]　程章燦：《魏晉南北朝賦史》（南京：江蘇古籍出版社，2001 年），頁 10。

　　蘇軾，宋代眉州（今四川省眉山市）人，生於宋仁宗景祐三年，卒於徽宗靖國元年，是中國北宋文學家、書畫家，字子瞻，初字和仲，號東坡居士，一生歷仁宗、英宗、神宗、哲宗、徽宗五朝，南宋孝宗時賜諡文忠，故稱蘇文忠公，其人詩、詞和散文都代表北宋文學最高成就，父蘇洵、弟蘇轍都是著名古文學家，世稱「三蘇」。

　　蘇軾的詩大都抒寫仕途坎坷揭露現實黑暗與反映民生疾苦之作。其詩風格豪邁清新，尤長於比喻，蘇軾的詞題材廣泛，記遊、懷古、贈答、送別、說理無不入詞，對嚴格的音律束縛也有所突破，促進了詞的發展，開豪放詞派的先河，蘇軾散文中議論文汪洋恣肆，記敘文結構謹嚴，明白條暢，文學思想強調「有為而作」，崇尚自然，擺脫束縛，「出新意於法度之中，寄妙理於豪放之外」，致力提拔後進，黃庭堅、秦觀等均出其門下。

　　蘇軾乃宋代文學集大成者，其文藝創作琳瑯滿目，藝術造詣美不勝收，他的作品包羅萬象，諸類文體，舉凡詩、詞、文、賦、論、序、策問、序、傳，無不精曉，莫不擅長，可謂兼備眾體，上下百代，光耀今古。其詩、詞、文、書、畫的輝煌成就，更謂個中翹楚，為世人所傳誦，從事東坡詩、詞、文研究者，亦取得相當深廣之成果。惟蘇軾的辭賦作品，除了少數名篇如前、後〈赤壁賦〉之外，餘皆為其詩文盛名所掩，然要全面掌握蘇軾文學的地位和成就，實不能忽略其辭賦作品。前人對研究蘇賦僅僅局限於少數名篇，就質、量實在是無法與其詩文之研究成果相比擬，蘇賦是眾作品中較弱的一環[4]，要全面認識和評價蘇軾文學的地位和成就，更不能忽略其辭賦作品。

―――――――――――――

[4]　衣若芬在〈近五十年（1949~1999）臺港蘇軾研究概述〉指出：「辭賦的研究是以往東坡文學作品研究中較弱的一環。」見《千古風流──東坡逝世九

　　筆者向來對蘇軾的賦有深厚的興趣，故以此作為立論題目，將這散見的蘇賦加以分析、歸納、彙整成為較有系統、條理的辭賦理論，就其辭賦作品實踐之關係，窺略其蘇賦於北宋古文運動之定位，衡量蘇賦創作表現之時代性，闡述其相乘相因、遞革遞進處，以彰顯蘇賦於北宋古文運動之影響。

　　在辭賦研究史上，宋代極少學者能對辭賦作全面而深入的分析涉獵，由於傳統觀念的影響，學者對宋賦的重視和研究極為不足，甚至一些文學評論和文學史之類著作亦幾乎隻字未提，然在辭賦研究史上，宋代辭賦未必遜於西漢、魏晉、隋唐[5]。宋賦諸體如：騷體賦、漢大賦、駢賦、律賦、文賦皆備，賦之為用，實超過前人，宋賦與宋詩、宋詞、宋文一樣力求革新，不肯蹈襲於前人，題材較前代更廣泛，往往以文為賦，語言散文化，其賦由艱深華麗古賦而變為平易流暢文賦，追求理趣、靈活神妙、創新手法亦有待吾人墾拓。

　　唐以後的辭賦向來被忽視，首先由明代李夢陽提出「唐無賦」的觀點，清代程廷祚又提出「唐以後無賦」的論調，他們否定唐以後的辭賦，出發點各不相同，然而他們輕視唐代以後的辭賦則是一致的，這樣的觀念影響後人，於是後代文論家對唐宋以來的賦家、賦作往往採持輕視的態度，論述很少，即使論及，也極為簡單和粗略，蘇軾的辭賦研究，亦是在此觀念影響之下，遭學者忽視，這一種輕視忽略之偏見[6]，是以楚辭、漢賦及魏晉南北朝賦的標準來看

百年紀念學術研討會》（台北：洪葉文化，2001 年）頁 927。

[5] 馬積高：《賦史》（上海：上海古籍出版社，1998 年）頁 388。

[6] 霍旭東：〈兩宋賦述略〉，《社科縱橫》（1999 年第 5 期），頁 33-37。

待後代辭賦作品，惟一時代有一時代之文學，未深入探討就輕予否定，對唐宋以後的作家作品是極不公允，事實上，宋初以來，賦與詩一樣，呈現出散文化議論趨勢。元代的祝堯最先以「文賦」來指宋代出現的散文化的辭賦[7]，他在《古賦辨體》中說：「宋之古賦往往以文為體。」[8]「文賦是在宋代詩文革新運動中形成一種賦體，這繼唐後律賦的議論化、儒學的復興、科舉由重詩賦到重策論的風氣轉變產生，宋賦體以古賦為發端，轉而進入議論化文賦，是繼漢唐之後的另一高峰，蘇賦創作，亦標誌著宋代辭賦的最高成就。」[9]因此，宋代辭賦發展史上的地位是崇高且重要的，蘇軾賦作能體現賦體的新趨勢及新氣象，不僅在當時獲得巨大聲響，亦步亦趨開了一代文風，對後世的辭賦創作產生了深遠影響，後人評議宋代辭賦往往以蘇賦為標幟，所以蘇軾的辭賦是非常值得我們一探其究。

第二節　研究方法與範疇

關於本文之研究方法，首先考察蘇軾辭賦作品的數量，並確立研究範圍，將作品分期探討，亦是本文研究之重要目的，本文不局限於少數文賦名篇，而是從蘇軾全部的辭賦作品著眼，作全面、深

7　（元）祝堯：《古賦辨體》（北京：北京圖書館出版社，2006 年）頁 146。
　　本文所引本書資料，皆出於此，下文不再詳注。

8　（元）祝堯：《古賦辨體》頁 669。

9　馬積高云：「蘇軾是北宋詩、詞、文集大成的作家，也是宋、元賦最有代表性的作家。」見馬積高：《賦史》（上海：上海古籍出版社，1998 年），頁 423。

入、系統的分析研究，辭賦數量雖然在蘇賦全部創作中比重不大，但是它們所涉及的創作時間之長和思想範圍之廣，都足以為研究蘇軾思想非常重要的第一手資料。

一、蘇軾作品之分期

本研究將依蘇軾創作時間及政治背景將蘇軾賦作先分期而後作討論，廖志超[10]將其賦作分作六個時期，筆者依蘇軾不同政治身份所呈現情感思想，將哲宗在京、出入京師歸類同期，分下列五期分述：第一期是仁宗嘉祐初仕時期（1059~1062），第二期是神宗熙寧外任時期（1075~1078），第三期是神宗元豐貶謫黃州時期（1082~1083），第四期是哲宗元祐在京（1086~1093），第五期是哲宗元祐出入京師時期、哲宗元符流放海南時期（1098~1099），以此來析論蘇軾各個時期辭賦作品中的內容情感思想，關於分期之依據與各時期賦作之特色（如附錄一），將於文中其後章節有所陳述。

確定分期之後，在此研究基礎上，以呈現蘇軾的辭賦創作在各個不同時期、不同政治身分所呈現出多元複雜的情感思想。除了辭賦內容的分期研究之外，亦將其辭賦作形制的分體研究，分（古賦）騷體、駢體、文賦之體[11]；（律賦）兩類探討，依不同的體裁，分就其內容思想、篇章結構、句式自由、韻律和協、用典隸事……等

---

[10] 廖志超：《蘇軾辭賦理論及其創作之研究》（台北：國立台灣師範大學博士論文，2004 年），頁 135-177。

[11] 本文所引蘇軾篇章係採用蘇軾撰、孔凡禮點校：《蘇軾全集》（北京：中華書局，1996 年）。

體式特點,來檢驗其賦學理論在實際創作上的實踐。此外認為蘇賦
諸體皆備,他以文賦聞名於賦史,但多數賦象仍是認為蘇賦體材豐
富,含議政、紀事、交遊、弔古、詠物……等。在全面、深入地析
論蘇軾辭賦創作的內容與體制後,將總結其辭賦的成就與價值影
響,以呈現蘇賦辭賦作品在其文學作品中之地位,與其在辭賦發展
史上之價值與影響,便於瞭解蘇軾辭賦題材內容及體裁形式的總體風
貌;觀察其作品的發展線索,即將其置於整個賦學史中,視其有何拓
展和創新。

賦的文體發展到有宋代,已是處於辭賦發展高峰的另一側[12],
在此一發展過程中,蘇軾作出了重大貢獻,他的辭賦創作正處於宋
代這群峰的峰頂上,而這一峰頭是深植我們去探究的,本論文在前
賢的研究基礎上,將蘇軾辭賦研究作橫向拓展,及縱向堆高的工
作,以新的方法途徑,旨在全面深入地探討整合蘇軾辭賦的理論與
作品、形式架構、內容與風格,進而勾勒出蘇軾辭賦作品所呈現的
風貌,並賦予它在辭賦上應有的成就和價值。

二、辭賦體裁簡述

(一)辭賦定義

「辭賦」是中國古代的各類文體中,極為特殊的詩文綜合性文
體,要確定「辭賦」的研究範疇,是非常不容易的事。關於「辭賦」

---

[12] 葉幼明:《辭賦通論》(長沙:湖南教育出版社,1991 年),頁 30-32。

的名實、體制，長久以來，學術界一直沒有統一的意見，歷來論者甚眾，各家間論證角度不同，仁智各見，其說不一。

自漢以來的二千餘年，對「辭」與「賦」的使用是極為混亂的。漢人對屈、宋作品及其擬作或稱「辭」，或稱「賦」。在他們看來，「辭」與「賦」是二而一的，是一種文體的不同稱述[13]。明確將「騷」與「賦」分稱為兩種不同的文體，則自劉勰《文心雕龍》始。《文心雕龍》分〈辨騷〉、〈詮賦〉兩篇，緊接著《文選》就於「賦」之外，另立「騷」一目，又立「辭」一目，《文選》立目，過於細瑣，以至有的類別界限不清，而招致後世的非議。自茲以降，或強調「辭」與「賦」的一致，或強調「辭」與「賦」的區別，見仁見智，莫衷一是。李生龍〈近十年辭賦研究述評〉云：「『辭』與『賦』作為一種文體概念，從漢代起就沒有嚴格的劃界。後世文學家史家為此費了很多口舌，或將『辭』、『賦』分為二體，或以『賦』統『辭』，直至今還以兩樣見解並存。」[14]是以論及「辭賦」之名實者，或主「辭」、「賦」不分；或以「賦」包「辭」；或「辭」、「賦」異體。「辭賦」義界的問題，在今人的各種辭賦學研究專書、專集或參考書均面臨此一問題，學者們的處理方式大抵根據自己的觀點或研究需要作出某種判斷。是以吾人可以從前此不同的意見中吸取合理成分，豐富自己的思考，以得出自己認可的結論。對「辭」、「賦」關係的看法，馬積高《歷代辭賦研究史料概述》評《全漢賦》一書云：「辭、賦的關係，很久以來議論未定，各從所見以定去取，是可以的。……

---

[13] 葉幼明：《辭賦通論》（長沙：湖南教育出版社，1991年），頁52。
[14] 見李生龍：〈近十年辭賦研究述評〉，馬積高、萬光治主編：《賦學研究論文集》（成都：巴蜀書社，1991年）頁325。

如能不拘己見,兼收並蓄,以供研究者采擇,似更為有益。」[15]葉幼明《辭賦通論》論「辭」與「賦」之關係云:「要言之,賦可以包辭,故辭可以稱之為賦或皮在賦之中,……而辭只是賦之一體,只有騷體賦可以歸入辭一類,而散體賦之類則不可以稱之為辭。……辭與賦的關係是部分與整體,類概念與分概念的關係。」[16]

　　大體而言,辭以抒情為主,故多幽怨困蹇,憤激傷感之作,風格變幻迷離,婉轉而纏綿。而賦則著重描摹,擅於體物寫志,敘事說理之製,往往光怪陸離,巨麗閎誇。至於形式方面,辭與騷體賦並無差異,其大抵是在句中或者句末置一語助詞「兮」字;散體賦則多用四言、六言句,與辭之別了然可見[17]。由此可知由楚辭到漢賦,是詩的成分減少,散文的成分加多;抒情的成分減少,詠物說理的成分加強。更印證蘇軾將「騷辭」作「騷詞」,是為「辭」、「詞」通用之觀;「賦」為騷「詞」,又是為「辭」、「賦」通用之說。

---

[15] 見馬積高:《歷代辭賦研究史料概述》(北京:中華書局,2001 年),頁 213。

[16] 葉幼明《辭賦通論》云:「要言之,賦可以包辭,故辭可以稱之為賦或包在賦之中,如屈原作品可以稱屈賦,劉徹〈秋風辭〉,陶淵明〈歸去來兮辭〉可以概括在賦之中。而辭只是賦之一體,只有騷體賦可以歸入辭一類,而散體賦之類則不可以稱之為辭。故朱熹〈楚辭後語〉,姜亮夫先生〈紹騷隅錄〉將許多以賦名篇的騷體視之為辭或騷,作為屈宋賦的嫡傳而收入書中。辭與賦的關係是部分與整體,類概念與分概念的關係。這如同詩與律詩一樣,律詩為詩之一體,詩可以包括律詩,而律詩則不可以代替詩。前人對辭與賦總是絞繞不清,就是未搞清它們之間的關係。強調二者的區別,就說它們是性質完全不同的兩種體裁,這如同說『白馬非馬』一樣;強調二者的一致,就說它們是一體而二名,這也如同說『天地一指也,萬物一馬也』一樣。二者都是不科學的說法。」見《辭賦通論》,長沙:湖南教育出版社,1991 年,頁 26-27。

[17] 見馬積高:《歷代辭賦研究史料概述》(北京:中華書局,2001 年),頁 24-25。

　　關於賦源，歷來典籍有所記載：班固〈兩都賦序〉（《文選》卷一）[18]：

> 或曰：「賦者，古詩之流也。」昔成康沒而頌聲寢，王澤竭而詩不作。大漢初定，目不暇給，至於武、宣之世，乃崇禮官，考文章，內設金馬、石渠之署，外興樂府協律之事，以興廢繼絕，潤色鴻業。是以眾庶悅豫，福應尤盛。白麟赤雁芝房寶鼎之歌，薦於郊廟；神雀五鳳甘露黃龍之瑞，以為年紀。故言語侍從之臣，若司馬相如、虞丘壽王、東方朔、枚臯、王褒、劉向之屬，朝夕論思，日月獻納。而公卿大臣御史大夫倪寬、太常孔臧、太中大夫董仲舒、宗正劉德、太子太傅蕭望之等，時時間作。或以抒下情而通諷諭，或以宣上德而盡忠孝，雍容揄揚，著於後嗣，抑亦雅頌之亞也。故孝成之世，論而錄之，蓋奏御者千有餘篇，而後大漢之文章，炳焉與三代同風。

《漢書・藝文志・詩賦略》後序引劉向《別錄》[19]：

> 《傳》曰：「不歌而誦謂之賦，登高能賦可以為大夫。」言感物造端，才知深美，可與圖事，故可以為列大夫也。古者

---

[18] 轉引自許結：《中國賦學歷史與批評》（南京：江蘇教育出版社，2001 年），頁 18。

[19] （東漢）班固：《漢書》，《四史》：藝文印書館輯（台北：藝文印書館，1955 年）。

　　諸侯卿大夫交接鄰國，以微言相感，當揖讓之時，必稱《詩》
以諭其志，蓋以別賢不肖而觀盛衰焉。故孔子曰不學《詩》
無以言也。春秋之後，周道寖壞，聘問歌詠不行於列國，學
《詩》之士逸在布衣，而賢人失志之賦作矣。大儒孫卿及楚
臣屈原離讒憂國，皆作賦以風，咸有惻隱古詩之義。其後宋
玉、唐勒，漢興枚乘、司馬相如，下及揚子雲，競為侈麗閎
衍之詞，沒其風諭之義。

附：《文選》卷四五皇甫士安〈三都賦序〉[20]：

　　玄晏先生曰：古人稱不歌而頌謂之賦。然則賦也者，所以因
物造端，敷弘體理，欲人不能加也。引而申之，故文必極美；
觸類而長之，故辭必盡麗。然則美麗之文，賦之作也。昔之
為文者，非苟尚辭而已，將以紐之王教，本乎勸戒也。自夏
殷以前，其文隱沒，周監二代，文質之體，百世可知。故孔
子采萬國之風，正雅頌之名，集而謂之詩。詩人之作，雜有
賦體。子夏序《詩》曰：一曰風，二曰賦。故知賦者古詩之
流也。

《文選》卷一〈兩都賦序〉李善注[21]：

───────────────

[20]　（梁）蕭統：《昭明文選》，文心工作室編著（台北：商周出版社，2007 年）
　　　頁 301。
[21]　（梁）蕭統：《昭明文選》，文心工作室編著（台北：商周出版社，2007 年）
　　　頁 323。

《毛詩序》曰：詩有六義焉，二曰賦。故賦為古詩之流也。劉勰《文心雕龍·詮賦》：詩有六義，其二曰賦。賦者，鋪也；鋪采摛文，體物寫志也。昔邵公稱公卿獻詩，師箴瞍賦。傳云：登高能賦，可為大夫。詩序則同義，傳說則異體，總其歸塗，實相枝幹。（故）劉向〔雲〕明不歌而頌，班固稱古詩之流也。至如鄭莊之賦大隧，士蔿之賦狐裘，結言短韻，詞自己作，雖合賦體，明而未融。及靈均唱騷，始廣聲貌，然則賦也者，受命于詩人，而拓宇于楚辭也。於是荀況禮智，宋玉風釣，爰錫名號，與詩畫境，六義附庸，蔚成大國。（遂）述主客以首引，極聲貌以窮文，斯蓋別詩之原始，命賦之厥初也。

姚鼐《古文辭類纂·序》[22]云：

「辭賦類者，風雅之變體也。」又曰：「辭賦固當有韻，然古人亦有無韻者，以義在托諷，亦謂之賦也。」

章學誠《校讎通義·漢志詩賦第十五》[23]：

古之賦家者流，原本詩、騷，出入戰國諸子。假設問對《莊》、《列》寓言之遺也；恢宏聲勢，蘇、張縱橫之體也；排比諧

[22] （清）姚鼐：《古文辭類纂》，胡士明，李祚唐標校（上海：上海古籍出版社，1998 年），頁 86。

[23] （清）章學誠：《校讎通義通解》，王重民著（上海：上海古籍出版社，1987年）頁 187。

隱,《韓非》、《儲說》之屬也;徵材聚事,《呂覽》類輯之
義也。

劉師培《漢書藝文志書後》[24]:

> 蓋屈平以下二十家,均緣情托興之作也,體兼比興,情為裏
> 而物為表。陸賈以下二十一家,均騁辭之作也,聚事征材,
> 旨詭而辭肆。荀卿以下二十五家,均指物類情之作,侔色揣
> 聲,品物畢圖,舍文而從質。

(二)古賦與律賦之定義

　　本文就蘇軾之賦作為探討主軸,故須對賦之種類作出合理、明
確之劃分,以利討論。

1. 古賦

　　辭賦是中國古代文學中有著鮮明民族特色的文體,賦的基本特
徵,馬積高以為歷來有兩種比較有權威的說法[25]:

　　一、不歌而誦為之賦(《漢書・藝文志》)

---

[24] 劉師培:《中國中古文學史講義》(上海:上海古籍出版社,2000 年),頁
101。

[25] 馬積高:《中國古代文學史》第一冊(台北:萬卷樓圖書公司,1998 年),
頁 165。

二、賦者，鋪也，鋪采摛文‧體物寫志也（《文心雕龍‧詮賦》）

　　賦體的變化是隨著辭賦的發展史而產生和演變的，古人敘源流、析正變之際，積澱了歷史觀與方法學上的諸多啟示，可資汲取與反省。一是深明體制沿革，以元代祝堯《古賦辨體》之說為例，他認為：「問答之體，其源出自〈卜居〉、〈漁父〉，宋玉輩述之，至漢而盛。首尾是文，中間是賦，世傳既久，變而又變。其中間之賦，以鋪張為靡，而專於詞者則流為齊梁唐初之俳體；其首尾之文，以議論為便，而專於理者則流為唐末及宋之文體。」賦體自先秦屈原以來，經過了兩漢古賦、六朝俳賦、唐代律賦的文體變化，到了宋代則發展成為所謂的「文賦」。元人祝堯曰：「愚考唐宋間文章，其弊有二，曰俳體，曰文體。」[26]所謂的「文體」，即是「以散文為之」的文賦。散文賦配合古文運動的進行，改革賦體一貫駢偶麗辭的風格，注入散文化的語句，使賦體至宋代令人耳目一新，同時也奠定了「散文賦」在文學史上的地位。

　　一般而言，「古賦」是指先秦兩漢時期及六朝駢賦，作為《詩經》「六義」之一的「賦」，是鋪陳敘述的意思，與「比」、「興」同屬於詩歌藝術表現方法範疇。作為一種文學體裁的「賦」是從春秋時代士大夫賦詩活動發展出來的。賦詩即引用、朗誦《詩經》作品的斷章成句以致禮達意，是春秋時代士大夫所必備的一種交際手段，就賦體源流演變而言，古賦包括戰國末期荀子的〈賦篇〉和漢賦，荀子〈賦篇〉分別寫了禮、知、雲、蠶、箴等五種事物，以韻

---

[26]　（元）祝堯：《古賦辨體》頁 202。

散相間和問答體的結構方式,即「遁辭以隱意,譎譬以指事」(劉勰《文心雕龍・諧隱》),漢賦淵源於荀子〈賦篇〉,並在文學體制上接受了楚辭和戰國恣肆文風的影響,今存古賦仍以漢代散體大賦為正宗。

本文以蘇軾的古賦、律賦為主軸,故需明白揭示文中古賦、律賦之區別,蘇軾生當北宋,是中國文賦趨於極盛時期,前已提及律賦興起於唐代科舉,宋代沿襲之,因此律賦之名尚無可疑慮,所謂古賦者,前人所論並不一律。明人吳訥《文章辨體》云:「屈子〈離騷〉,即古賦也。」並引北宋文人宋祁之語:「〈離騷〉為辭賦祖,後人為之如至方不能加矩,至圓不能過規」加以說明,這個界說顯然過於狹窄。

徐師曾《文體明辨》把古賦的範圍稍稍擴展,他認為:屈、宋楚辭固屬古賦,而「相如長於敘事而或眛於情,揚雄長於說理而或略於辭,至於班固辭理俱失,若是者何凡不發乎情耳!然〈上林〉、〈甘泉〉極其鋪張終歸於諷諫,而風之義未泯;〈兩都〉等賦極其炫耀,終折以法度,而雅頌之義未泯;〈長門〉、〈自悼〉等賦緣情發義、論物興詞,咸有和平從容之意,而比興之義未泯,故君子猶以為古賦之流。」也就是說,除屈宋楚辭以外,還應包括兩漢以來兼具風雅比興之義的賦作,這個界說是比較符合實際的。

但宋人倡導學習古賦,並不僅是簡單的文體繼承,而更在於強調恢復古賦的諷諭精神,這樣的主張與宋代詩人的革新運動的大方向是完全一致的,然本文所謂古賦,為了不使定義模糊駁雜,因此凡不屬於律賦者,均以古賦名之,上文提及「到了宋代則發展成為

所謂的文賦」，然文賦實為因應古文運動而產生，自古有所本，因此併入古賦之列。

2. 律賦

「律賦」之名，較為明確，在〈律賦在唐代「典律化」之考察〉一文中曾提及：「通常『中國文學史』專著述及『賦』時，總會提到『唐代的律賦』。此一論述透露了多種意義：一是就『中國文學史』，『唐代律賦』可列入『典律』；二是就『賦史』言，『唐代律賦』也算是『典律』；三是就『唐代文學』言，『律賦』為當時的『典律』。基本上，以『律賦為唐人新創而具有代表性』……，律賦所以在唐代成為「典律」，並不僅是因為它的作品數量比唐人古賦要多，更重要的是來自國家的介入與運作。國家不但在進士科考試中以律賦做為甄才項目，並選用經書史籍的文句設計賦題，於是，當讀書人為了爭取入仕機會而努力練就『穿穴經史』」的功夫，也就同時接受了這些書中的政治、倫理等價值觀。國家透過律賦塑造知識分子，也藉此維繫了權力與組織的穩定。」[27]「唐賦」與「律賦」儼然成了可以代換的名詞；葉幼明《辭賦通論》指出：「它（律賦）是科舉制度的產物，……賦既然成了進士考試的科目，為便於試官的評閱和防止士人的預作，就自然地形成了一些限制，……於是限韻和開頭必須點題，也就成了試賦的要求。在唐代，……賦也隨著律詩的形成而在逐漸格律化，並且也成為科舉

---

[27] 簡宗梧、游適宏：〈律賦在唐代「典律化」之考察〉，台中《逢甲人文社會學報》（2000 年第 1 期），頁 1。

考試的重要科目，於是，由試官命題並限以韻腳的律賦，也就正
式形成。」[28]

　　唐代科舉考試自高宗永隆二年起，為提高考試的難度，進士試
策前還需加試雜文，指銘箴論表等作為預選，而至開元、天寶間又
改以詩試賦。徐松《登科考記》卷一永隆二年條：「按雜文兩首，
論箴明論表之類，開元間始以賦居其一，或以詩居其一，亦有全用
詩賦者，非定制也。雜文之直專用詩賦，當在天寶之間。」之後，
賦（律賦）便成為士子是否能夠進仕之關鍵。

　　律賦何時形成，其產生的問題有以下文獻可供參考：（一）明
代吳訥《文章辯體序說‧律賦》：「律賦起於六朝，而盛于唐宋。凡
取士以之命題，每篇限以八韻而成，要在音律諧協，對偶精確為工。」
（二）明代徐師曾《文體明辯序說‧律賦》：「六朝沈約輩出，有四
聲八病之拘，而俳遂入于律。徐庾繼起，又復隔句對聯，以為四六，
而律益細焉。隨進士科專用此體，至唐宋盛行，取士命題，限以八
韻。要之以音律諧協，對偶精確為工。」（三）在《文體明辯序說》
言：「至於律賦，其變愈下，始於沈約『四聲八病』之拘，中於徐
（陵）庾（信）『隔句作對』之陋，終於隋唐宋『取士限韻』之制，
但以音律諧協、對偶精確為工，而情與辭皆置弗論。」（四）清代
孫梅《四六叢話‧賦話》：「自唐迄宋，以賦造士，創為律賦，用便
程式，新巧以制題，險難以立韻，課以四聲之切，幅以八韻之凡。」

　　由此，可以大約歸納出律賦起源於六朝，而逐漸體制完成，等
到唐代科舉制度正式提出以律賦為考題，律賦才算正式完成。南朝

---

[28] 葉幼明：《辭賦通論》（長沙：湖南教育出版社，1991 年），頁 63。

俳律的對仗、聲韻有一定之講究，但未形成格律，隋文帝時科舉考試開始包含詩賦，而唐代進士科試詩賦，士人必須熟悉對仗技巧和四聲八病，掌握此技巧才得以應付考試。而律賦在駢賦的基礎上更注重對仗與聲韻的工整嚴密，並對全篇字句數和韻式作了嚴格的規定。

　　一種文體之產生，必須要有其先前創作與寫作經驗累積作為一種基礎，之後等到一定程度的雛形產生，才會有所倡導、歸納、並加以實踐，而律賦產生的背景亦是如此。科舉制度只是律賦產生下推波助瀾的動力。現在能夠見到最早的一篇律賦作品應是王勃的〈寒梧棲鳳賦〉，取「孤清夜月」為韻，此賦並非試卷，當屬文人自行限韻，可視為律賦的濫觴，而試賦限八字韻腳始於唐玄宗開元二年，此年主持貢舉者為王丘，試題「旗賦」，以「風日雲野軍國蕭清」八字為韻，而後試賦限韻成為一種不成文的習慣，而後經由各種各樣的限意限韻，逐漸形成律賦格律。[29]

　　然而初唐律賦並沒有嚴格的分韻限制，有之自天寶時始，唐玄宗天寶年間，進士試賦限韻，一般為八韻，也偶有三韻到七韻的，聲韻限制極為嚴格。大致來說，律賦格律形成於唐文宗大和年間，一般以四言二句八字為韻立意，而八韻要求四平四仄。[30]

　　若以唐代科舉試賦來看律賦得以形成的原因，可從三個基本概念下來觀看：一是用於進士科，二是用於制舉，三適用於各種特科，

[29] 吳在慶：〈科舉試賦及其對唐賦創作影響的幾個問題〉，《廣西師範大學學報》（第 40 卷第 2 期，2004 年），頁 18。
[30] 汪小洋、孔慶茂：〈論律賦的文學性〉，《江西廣播電視大學學報》，（2003 年第 1 期），頁 36。

而這三者其實和科舉制度與文人得以仕進的方法脫離不了關係。[31]
再以文學的背景來看律賦形成的關係,律賦最初是一些文人學士為
表現才學和寫作技巧而開啟的,早在南朝,文人作詩以有先賦韻的
情況,僅從四聲八病講求聲韻之美外,更從格律加以要求,不僅詩
如此,賦亦如此,演化下來,便會形成詩賦同流的趨勢,而律賦除
限韻外,其律賦的形式在南朝其實都大概具備,故發展成為律賦儼
然成為下一階段文學特徵之必然。但是南朝的駢賦和律賦其實還是
有一段差距,可分三方面討論,第一就以形式上而言,駢賦的特徵
包括用典、詞藻華麗和講求聲韻,而律賦最重要的特徵則在於限
韻,第二是題材和內容上的區別,律賦的體材無所不包,具有賦主題
的開闊性和多樣性,第三是風格情調上的區別,駢賦大都注重個人情
感的感發,而到後期,物像的格局越來越小,然而律賦一方面除了用
於科舉制度外,也有許多律賦是在反映現實生活,反映社會精神。[32]

　　一個時代的文學特徵通常是不會只存在於一種特定的文類,律
賦顯然的也受到了許多在詩作技巧上的影響,在講求對仗工整,聲
律優美的風氣之下,律賦也繼承了律詩的某些特點,在貞元以後,
更趨完備的律賦其體制也就具有這些講求聲律對偶的傳統,而成為
它體制的特色之一。

　　律賦雖說是律,但基本上它是賦,因此它不像詩一樣的,它乃
是長短句交雜使用的,而界乎於文與詩之間,在越來越講求駢麗的
趨向之下,終於和散文化決裂,而成為一種講求工整、流利的韻文

---

[31] 曹明綱:〈唐代律賦的形成、發展程式特點〉,《學術研究》(1994 年第 4 期)
　　頁 55。
[32] 何忠榮:〈唐代律賦簡論〉,《青海師範大學學報》(1995 年第 1 期),頁 98。

體，甚至連對偶的方式，用韻的限制、句型以及句法的結構都變得
穩定而趨於一定，律賦是有固定的體例的，就律賦的外在形式而
言，是與限韻有相當大的關係。由於律賦有「命題限韻」的限制，
因此在形式上，律賦必須要嚴格地限韻，一段只能通押同一韻目中
的韻字，再換韻時，則又需要用另一個韻目中的韻字，然而韻目的
決定並非是隨意的，而是在「命題限韻」時，就已經決定了。

　　由於律賦多用於科考，所以命題上大多是「正大光明」的題型，
政治的意圖性十分明顯，如〈後從諫則聖〉、〈旗賦〉等，在內容上
多是一些歌功頌德或是一些聖朝教化的美話，於筆法上顯得是議論
性強，而抒情的成分反倒較少。根據以上的論述，我們歸納整理出
來律賦體的四個特色：一是命題限韻；律賦這一個文學體式，可以
說是將命題限韻的要求到達最極致後所產生的文體。[33]而在這樣的
處處制肘、充滿限制的規則之下，律賦的創作就好比是縛上手鍊腳
銬後的有限範圍行動；二為對句工整：自六朝駢賦以來，講求對句
工整成為一種趨勢，而受到駢體文的遺風影響，文人們對於對句的
研究及手法越來越精緻靈巧，在律賦當中，承襲了駢賦以來的對句
工整的傳統，保有四六對、隔句對、當句對等的手法，使得律賦的
外在形式顯得相當整齊對稱；三乃講求聲律：唐人在聲律的嚴謹上
不僅承襲了六朝的豐富，更是在沈約的「四聲八病」之下，然後對
聲律予以定型。在律賦當中，講究對句押韻時的平仄及聲律，如對
限韻當中的八字必須是「四平四仄」方為美的觀念；四乃篇幅不大：
由於受到律賦「命題限韻」的關係，可用的韻目至多只有那八個，

---

[33] 郭建勛：《辭賦文體研究》（北京：中華書局，2007 年），頁 17-21。

且不能隨意轉韻換韻，因此不適合用漢大賦那種誇張鋪排的手法來
創作律賦，再加上題目的格局都是光明正大的類型，所以在律賦的
創作上不僅形式上受到限制，內容也受到限制，因此大多數的律賦
篇幅都不大，而顯得精巧。

3. 文賦

文賦又可稱散文賦或新文賦，文賦是受古文運動的影響而產生
的。中唐以後，古文家所作的賦，逐漸以散代駢，句式參差，押韻
也較自由，元代祝堯說：「宋人作賦」，其體有二：曰俳體，曰文體」；
並認為用文體作賦，「則是一片之文，押幾個韻爾」（《古賦辨體》）。
其論雖對宋代文賦有所偏頗，但卻指出了文賦的體裁特點，即以賦
的結構、古文語言所寫作的韻文，作為賦的一類變體，文賦是唐宋
古文運動的產物，中唐韓愈、柳宗元倡導古文運動，在復古口號下
改革了駢偶語言，他們的賦作直接繼承發展先秦兩漢古賦傳統，如
韓愈〈進學解〉，柳宗元〈答問〉，雖不以「賦」名篇，但其體裁取
自東方朔〈答客難〉、揚雄〈解嘲〉，正是《文選》列為「設問」一
類的古賦之體，既保持主客答難的賦的結構，又用比較整飾而不拘
對偶的古文語言，實質便是文賦，文賦始於唐，杜牧〈阿房宮賦〉
是典型散文賦先驅。

北宋以歐陽修為代表的古文運動，繼承韓、柳革新的傳統，對
宋初盛行的西崑派駢偶文風，進一步鞏固了古文取代駢文的文學語
言地位[34]，擴大了古文的文學功能，成就之一便是使文賦這一賦體

---

[34] 郭建勛：《辭賦文體研究》（北京：中華書局，2007 年），頁 35-38。

發展得更為成熟而富有特色，代表作如歐陽修〈秋聲賦〉和蘇軾前、後〈赤壁賦〉。宋代文賦既為賦，它就具有賦的共同特點。宋代文賦的結構雖更富於變化，但並未改變主客問答的結構。歐陽修〈秋聲賦〉設為作者與童子的問答，蘇軾前後〈赤壁賦〉「蘇子與客」的問答。其他的文賦也大多為問答形式。文賦一般也押韻，用韻不太嚴，不拘韻目、韻數；可以是句末韻，也可是句中韻；既可是平聲韻，也可是仄聲韻；可句句押韻，也可是隔句韻、隔數句韻；可以換韻，甚至不押韻。既稱文賦，它又具有不同於騷體賦、駢賦、律賦的特質。其結構的富於變化已表現出文的特點，但更重要的是多單行散句，雖間用騷體句、駢句，而多數句式為散句，並常用虛詞（之、乎、者、也、矣、焉、哉）和聯接詞（若夫、於是、所以）。從體裁形式看，〈秋聲賦〉和〈前赤壁賦〉都還保持「設問」一類漢賦的體制，既有主客答難的結構形式，又吸取韓愈〈進學解〉的敘事性質，但擴大了敘事部分，增加了寫景抒情部分。而〈後赤壁賦〉則幾乎完全擺脫漢賦體制的影響，獨創地構思了夜遊赤壁、攀登峰頂、泛舟長江及遇鶴夢鶴的情節。以這三篇為代表的宋代文賦的共同特點是，融寫景、抒情、敘事、議論於一體，用相當整飭的古文語言寫作鏗鏘和諧的韻文。宋代文賦的實質是用古文語言寫作的，具有賦的結構的韻文，所以按照古代傳統文論觀念來看，一方面肯定賦體至「宋人又再變而為文」，是賦的一種變體；另一方面又認為「文賦尚理，而失於辭，故讀之者無詠歌之遺音，不可以言儷矣。」（《文體明辨》），覺得既不符合「古詩之流」的要求，又不符合駢偶聲律的「儷辭」的標準，實則已不屬賦體。但從文學體裁的發展規律看，文賦正是賦體發展的終極階段，前、後〈赤壁賦〉即為臨界的標誌作品。

　　文賦雖具有「專尚於理，而遂略於辭，昧於情」的特點，然而不能說「文賦等同於說理賦」，因為宋代的律賦更是以說理、議論為宗，是以賦的形式議政，很多律賦僅從題目就不難看出是議政議軍之作，如王禹偁的〈君者以百姓為天賦〉、田錫的〈開封府試人文化成天下賦〉，因為受宋代古文運動的影響，宋代文學諸體幾乎無不有散文化傾向，所謂以文為詩，以文為詞，賦也不例外，如果僅以是否有散文化傾向來確定是否為文賦，那麼宋賦就都成了文賦，宋代的某些律賦也有散文化傾向，不遵守律賦規則，既不依次用韻，也不盡用駢句，並喜用虛詞，所謂以古文筆法為律賦。有些文賦是騷散並用，而以散句為主，如蘇軾、張耒的〈灩澦堆賦〉，有些文賦是駢散並用，而以散句為主，如梅堯臣的〈靈烏賦〉，更多的文賦是騷、駢、散句並用，而以散句為主，如梅堯臣的〈靈烏賦〉，以散句設問起：「烏之謂靈者何？噫，豈獨是烏也？」以駢句作答：「夫人之靈，大者賢，小者智；獸之靈，大者麟，小者駒；蟲之靈，大者龍，小者龜；鳥之靈，大者鳳，小者烏。」繼以騷句申說：「賢不時而用，智給給兮為世所趨；麟不時而出，駒流汗兮擾擾於修途；龍不時而見，龜七十二鑽兮寧自保其堅軀；……」，像如此騷、駢、散的句式相間而又一氣呵成，以駢體句式鋪寫物態，以騷體句式抒發感慨，以單行散句敘事議論，在宋代文賦中是比較多見的歐陽修、蘇軾創作新興文賦後，但是這種賦體並未成為宋及宋以後賦的主體。故文賦之特徵可歸納為：(1)傾向散文化（形式），語體化，較為平淡（2）內容融抒情、寫景、敘事、議論於一爐，以散文方法作賦，化典重為流利，抒情寫景極近散文。

　　《全宋文》所收宋賦約一千四百篇，堪稱文賦者不足一百篇。北宋初年少有人作文賦。宋初的辭賦大家，如王禹偁存賦二十七篇，吳淑存賦一百篇，宋祁存賦四十五篇，范仲淹存賦三十八篇，文彥博存賦二十篇，劉敞存賦三十篇，但幾乎都是駢賦、律賦或仿漢古賦，而沒有文賦存世。北宋古文運動對宋代文學產生了深遠的影響，使各種文體無不打上散文化的烙印，以文為賦只不過是以文為詩，以文為詞又一表現而已。宋人並不是有意作文賦，而是受古文運動影響自然而然形成了文賦，正如王芑孫《讀賦卮言‧總指》有云：「韓柳角立於唐，歐蘇眉分於宋。……總文圃之大綱，即賦門之真種。」[35]因此，宋代古文運動的部分作家也就自然而然成了文賦的代表作家，但他們存世的文賦也遠較其他賦體為少。唐宋古文八大家中的宋六家，蘇洵與曾鞏無賦存世。歐陽修現存賦十九篇，真正可算文賦只有〈秋聲賦〉一篇。何以中國古代騷體賦、漢代大賦、駢賦、律賦自產生之日起直至清末，都能香火不斷，而今人推崇備至的宋代新興文賦應者寥寥？根本原因是這種新興賦體未能為多數文人所接受。元人祝堯《古賦辨體》最能代表這種意見，其卷三《兩漢體（上）》批評文賦云：「尚理而不尚辭，則無詠歌之遺，而于麗乎何有？後代賦家之文體是已。」卷七〈唐體‧阿房宮賦〉》云：「前半篇造句猶是賦，後半篇議論俊發，醒人心目，自是一段好文字。賦之本體，恐不如此。以至宋朝諸家之賦，大抵皆用此格。」又云：「杜牧〈阿房宮賦〉古今膾炙，但大半是論體，不復可專目為賦矣。毋亦惡俳律之過，而特尚理以矯其失與？」可見

---

[35] （清）王芑孫：《讀賦卮言》，何沛雄：《賦話六種》（香港：三聯書店，1982年），頁29。

祝堯認為杜牧此賦已背「賦之本體」、「不可專目為賦」,而宋朝文賦「大體皆用此格」。祝堯《古賦辨體》卷八批評宋代文賦云:「宋之古賦往往以文為體,則未見其有辨其失者。……賦若以文體為之,則專尚於理,而遂略於辭,昧於情矣。俳律卑淺固可去,議論俊發亦可尚,則風之優柔,比興之假託,雅頌之開容,皆不復兼矣。非特此也,賦之本義當直述其事,何嘗專以論理為體邪?以論理為體,則是一片之文,但押幾個韻爾,賦于何有?今觀〈秋聲〉、〈赤壁〉等賦,以文視之,誠非古今所及;若以賦論之,恐教坊雷大使舞劍,終非本色。……本以惡俳,終以成文,舍高就下,俳固可惡,矯枉過正,文亦非宜。……雖能脫于對偶之文,而不自知入於散語之文。」[36]祝堯對新興文賦的批評主要是指文賦已不成其為賦,失去了賦體的特徵。賦是抒情文體,而不是用以論理的,而文賦「昧於情」;賦是講究文采的,而文賦「略於辭」;賦是可供諷誦的,而文賦「無詠歌之遺音」,是以宋元以來新文賦日趨衰落,而騷體賦、兩漢古賦、魏晉駢賦、唐宋律賦反而得到復興。

三、蘇軾賦作篇章選錄原則

歷來諸家所輯之蘇軾辭賦作品數量不盡一致,《宋文鑑》、《御定歷代賦彙》、《全宋文》等,或收賦不全,或將蘇過之作收入,或散見四處,不利查閱,本文以孫民《東坡賦譯注》該書作為蘇軾賦作篇章選擇標準,全書共收二十六篇,明訂論文內容之論述。

---

[36] (元)祝堯:《古賦辨體》頁 16。

四、文獻探討與回顧

　　在文獻資料的運用與探討方面，蘇軾辭賦研究成果的作品和數量，與其詩文研究相較，顯然是蘇學研究較弱的一環。首先，就數量方面來說，不僅一般專著、學位論文著墨者少，期刊論文、會議論文的數量亦不多。就作品方面來說，其間容有專論焦點亦多用心一、二單篇名著，以致其它的賦篇都無人聞問；或僅僅是單篇論文之探討，論著的頁數份量不足，亦未能廣泛、深入地探究；或是完成的時代比較早，成果未達某一水準。然而近年來，一些專門對蘇軾辭賦進行評論、研究的論著已逐漸增多並逐步深入。在進入蘇軾辭賦研究領域之前，有必要熟悉前賢既有相關且重要的研究成果，以下擇其要者，述評如下：

　　陳韻竹《歐陽修蘇軾辭賦之比較研究》，台北文史哲出版社，1986 年。全書共七章，第一章緒論，第二、三章評介分析歐陽修辭賦，第四、五章評介分析蘇軾辭賦，第六章為歐、蘇辭賦的綜合比較，第七章為結論。此書在宋賦研究不受重視、或歐蘇賦研究局限於少數名篇的情況下，能從其全部作品著眼，作全面系統的比較分析，不僅所提出的若干學術觀點富有意義，而且從課題的選擇上亦具有填補空白的價值[37]。

---

[37] 見霍松林主編《辭賦大辭典》對該專著之評語，霍松林主編：《辭賦大辭典》（合肥：安徽文藝出版社，1992 年）。

朴孝錫《蘇軾辭賦研究》，東海大學碩士論文，1989 年。全書共分六章，第一章「蘇軾之生平傳略」，第二章「蘇軾以前歷代賦體之演變概述」，第三章「蘇軾辭賦考略」，第四章「蘇軾辭賦寫作之年代及其背景」，第五章「蘇軾辭賦之特色」，第六章「結論」，此書的價值在於首先以學位論文專題研究蘇軾辭賦，然而因為當時對於蘇賦研究之篇章成果不多，因此內容無法更深入，但在蘇軾辭賦的特色部分著墨以蘇賦之「廣泛性」、「多用典故」、「繪畫性」、「多樣性」及「文前有序」等方面探討，在當時確屬難得之作。

黃美娥《蘇軾文論及其散文藝術研究》，台灣師範大學碩士論文，1989 年。本論文探討蘇軾之文章範圍較廣，除了辭賦之外亦擴及他的散文部分，文中著重在蘇軾散文之藝術特色及文論探析，而一位作家之文藝觀影響到他每一方面的文學創作，故其中討論亦涵蓋了辭賦部分。

黃惠菁《東坡文藝創作理論研究》，台灣師範大學碩士論文，1992 年。本篇由蘇軾所處北宋時代的社會環境、學術發展趨勢，繼蘇軾文藝理論創作的成立、創作基礎、文藝構思論、文藝形象、文藝表現及文藝風格大範圍地研究蘇軾作文風格，並列舉各種特性，文中也略涉辭賦。

孫民《東坡賦譯注》，成都巴蜀書社，1995 年。本書是近十年最純粹的一本關於蘇軾賦作的專著，收錄蘇軾二十六篇賦作之注釋、孫先生避開繁雜、糾葛的「辭賦」義界問題，直接收錄以賦名篇，在孫民「決心下一番笨功夫，即在弄清各篇作品背景後，抄原

著，作注釋，譯全文，以其窺探內中的精義。」[38]此書成為研究蘇軾賦作最方便的一本參考書，是想要進入蘇軾辭賦研究殿堂的一把方便鑰匙，書後附錄針對蘇軾賦作之「士的意識」及蘇賦形象特徵再作闡發，可使讀者對蘇賦印象更為深刻。

王水照《蘇軾研究》，河北教育出版社，1999 年。王先生將歷年研究蘇軾文學的心血集結成的一本專書，書中對於蘇軾之詩、詞、繪畫及書法論述較多，關於蘇軾賦作之闡發僅一篇，然不失為一份研究蘇賦的相關材料。

廖志超《蘇軾辭賦理論及其創作之研究》，台灣師範大學博士論文，2004 年。本論文涵蓋甚廣，論文中著重在蘇軾辭賦創作背景、蘇軾文集版本與蘇賦各篇之繫年考察，其中對於蘇軾辭賦知音韻問題所論甚詳，是有蘇軾辭賦研究相關之論文以來令人耳目一新之處。

李燕新《東坡辭賦研究──兼論蘇過辭賦》，高雄師範大學博士論文，2006 年。此論文將蘇軾辭賦依類型分作「賞遊賦」、「弔古賦」、「詠物賦」、「寓言賦」、「養生賦」、「飲食賦」、「詠酒賦」及「治道賦」八類，此舉為研究蘇軾辭賦之創新，在探討東坡辭賦藝術特色的部分，又將蘇賦按照文體分類來探討，文末較特別者為探析蘇過之辭賦，身為蘇軾之子，其文風、思維必有受到其父的浸染與影響，過去有學者將蘇軾蘇過父子的詩、詞作一比較，但對於蘇過辭賦之介紹本論文自成特色。

---

[38] 見孫民：《東坡賦譯注・前言》，孫民：《東坡賦譯注》（成都：巴蜀書社，1995 年），頁 1。

　　鍾玫琳《蘇轍及其辭賦研究》，彰化師範大學碩士論文，2007年。本論文雖以討論蘇轍辭賦為主，然而文中對蘇轍辭賦的語文特色、思想傳承意蘊及承繼均提及受到蘇軾辭賦觀之影響，因此在研究蘇軾辭賦上亦有參考之價值。

　　綜合以上研究情況，發現不少論題研究重複，然而尚待墾拓的研究領域亦不少，在蘇軾文辭、賦之辨，辭賦創作時代背景，作品繫年部分均已有前人之成果，然而在蘇軾辭賦的篇章結構分析、作品思想差異等範圍卻未有人涉足，本文試圖在前賢研究基礎上，將蘇軾辭賦研究作一拓展，希望在蘇賦學的研究上有所助益。

第二章　蘇軾之辭賦創作與人格特質

　　每一個作家，其文學上的造詣，特別是詩歌、文章方面都可以說是其人生平經歷的直接再現。文章與自我、生命、人性的關係亦是理解作家寫作的一條門徑，不論是由生命史的歷程去尋求自我救贖，由社會的思索嘗試開啟民生的對話空間，或是宗教上的體驗所觸動的靈感[1]，在深入這些作品的創作背景之後，理解的過程因著同理心的增加而獲益，拉近了作者與讀者之間的距離，使人們經歷另一種類型的心靈洗禮。文學創作的傳統[2]，總是以悲傷為基調，要感傷，要悲秋，要有哀愁，才能引起讀者的共鳴，然而這樣的遞嬗到了宋代卻有了不同的寫作態度，往往化悲傷為曠達，從悲情中力求灑脫。

　　宋代的文人追求的是較多的是在遇到坎坷、遭遇困厄時在精神上的內化，葉嘉瑩說「一個人是要在憂患艱危之中，才能看到他的感情品格操守的」[3]，窮則獨善其身，宋代文人格外重視自我的調

---

[1]　陳裕美：〈論蘇軾五言詩之詠物技巧〉，《文學前瞻》（1996 年第 2 期），頁124。

[2]　田俊萍：〈淺談儒道思想對我國古代詩人的影響〉，《太原理工大學學報》（2007 年第 4 期），頁 87。

[3]　葉嘉瑩：《中國古典詩歌評論集》（台北：源流出版社，1983 年），頁 12。

節，這也體現了宋代文人特有的內斂的文化心態。宋代亦是一個崇文抑武的朝代，知識份子地位較高，許多文人同時具有許多身份──文人、學者、重臣，這在一定程度上決定了宋代文人只能在忠於君主、報效國家的位置上來尋找自己的價值，給自己定位[4]。同時，由於他們的身分具有多重性，他們在文學上的見解以及他們在政治上的觀點不同，不可避免地造成劇烈的爭議，引起社會狀況的動盪，促使黨爭文禍的頻繁，這些狀況的長期影響，勢必迫使詩人避禍全身，在背離現實的處境與惶惑迷惘的心境中努力認識自我的地位與價值，更多地反映著個人生活的狹小範圍和心靈世界的內省體驗，可以說，時代和生活的環境造就了宋代文人獨特的心理結構，使宋代文人以一種內省內斂的心態來觀照整個世界和人生，以冷靜客觀的心態來體察社會和人生，使得宋代的文化呈現一種內斂的狀態。

佛教的傳入，禪宗哲學思想的滲透，極大地影響了宋代文人的世界觀、人生觀、是非觀以及生死觀的變化。文人們歷來深受儒家思想的薰陶，積極入世，而受到道家以及道家消極遁世，追求長生不老的人生觀再加上佛教禪宗思想，使文人們增加了追求彼岸幸福生活的精神理想，於是，儒、釋、道三教合一，使文人們的心理顯得比其他朝代更為完善：儒家的入世思想，使宋代文人在年輕時積極進取，追求治國齊家平天下，在壯志未酬或者功成名就的時候，他們會想到退隱，油然而生一種淡薄名利的曠達，這和道家的「無為」又是相吻合的，在年老的時候，不可避免要

---

[4]　翟玉蕭：〈儒、道、佛思想對蘇軾人格魅力的影響〉，《文教資料》（2007 年第 25 期），頁 27。

經歷死亡，佛教的普渡眾生，追求西方極樂世界的思想又對文人們產生了影響。

　　蘇軾學識淵博，思想通達，在北宋三教合一的思想氛圍中如魚得水，蘇轍記述蘇軾的讀書過程是：「初好賈誼、陸贄書，論古今治亂，不為空言。既而讀《莊子》，喟然歎息曰：吾昔有見於中，口未能言。今見《莊子》，得吾心矣！……，後讀釋氏書，深悟實相，參之孔、老，博辯無礙，浩然不見其涯也。」(〈亡兄子瞻端明墓誌銘〉) 蘇軾不僅對儒、道、釋三種思想都欣然接受，而且認為它們本來就是相通的，他曾說「莊子蓋助孔子者」，莊子對孔學的態度是「陽擠而陰助之」(〈莊子祠堂記〉)。他又認為「儒釋不謀而同」、「相反而相為用」(〈南華長老題名記〉)，這種以儒學體系為根本而浸染釋、道的思想是蘇軾人生觀的哲學基礎。

第一節　蘇軾仕宦與遷謫

　　《宋史・蘇軾傳》[5]云：「(軾) 器識之閎偉，議論之卓犖，文章之雄儁，政事之精明，四者皆能以特立之志為之主，而以邁往之氣輔之。」東坡行己廉潔，議論剛正，器識深偉，德行追古而猶勝，文章冠絕於當世，故為世人所稱善，東坡經歷霜雪，而後知松柏之後凋；患難與挫敗，更能展現修養的境界，蘇軾一生名滿文壇，雖

---

[5]　(明) 柯維騏：《宋史新編》兩百卷 (台北：新文豐出版社，1974年)，頁638。本文所引皆出於本書，不再詳注。

31

然人品端正，清廉自守，滿腔忠愛，但因樹大招風與政治立場的緣故，一生遭遇卻頗見險釁，仕宦歷程數度起伏浮沉。我們從蘇軾的文章中，可以見到他以儒學的根柢，融合莊子的逍遙自在、陶淵明的淡泊恬靜、佛家的超越解脫，在其字裡行間甚能抒發胸中塊壘，展現出超脫曠達的胸襟與高潔堅毅的節操，煥發出熠熠古今的人格光輝。

蘇軾的一生大致可分為五個時期，他出生在一個富有教養的家庭，父親蘇洵是著名的散文家，母親程氏是有文化明大義的女子，少年蘇軾在父母的培育下，勤奮好學，博通經史。他成長在一個表面承平而內裡各種社會矛盾漸趨尖銳的時代，這時代一方面號稱「百年無事」，經濟文化都有相當的發展；另一方面又是既有遼、夏入侵的外患，又有豪強兼併、人民困苦不堪的內憂，社會危機四伏，積貧積弱的形勢日益嚴重，改革的呼聲，在士大夫層中漸次高漲，蘇軾在這樣的家庭與社會氣氛薰陶下，受儒家經時濟世思想的影響，早年即立下用世之志，以身許國，並主張針對現實中的種種弊端進行改革[6]。

蘇軾一生經歷五朝君主，在他從庶民一躍而為仕宦的過程裡，他對梅堯臣、歐陽修二公的知遇之恩終身感懷於心。如〈上梅直講書〉云：

> 今年春，天下之士，羣至於禮部，執事與歐陽公實親試之。軾不自意，獲在第二。既而聞之，執事愛其文，以為有孟軻之風；而歐陽公亦以其能不為世俗之文也而取，是以在此。非左右為之先容，非親舊為之請屬，而嚮之十餘年間，聞其

6　劉永杰：〈獨善其身中的兼濟天下──比較蘇軾貶謫前後的思想異同〉，《漯河職業技術學院學報》（2007 年第 3 期），頁 33。

名而不得見者，一朝為知己。退而思之，人不可以苟富貴，
亦不可以徒貧賤。有大賢焉而為其徒，則亦足恃矣。

又〈謝歐陽內翰書〉：

軾也遠方之鄙人，家居碌碌，無所稱道。及來京師，久不知
名，將治行西歸，不意執事擢在第二。惟其素所蓄積，無以
慰士大夫之心，是以群嘲而聚罵者，動滿千百。亦惟恃有執
事之知，與眾君子之議論，故恬然不以動其心，猶幸廟試不
為有司之所排，使得攝笏跪起謝恩於門下。

　　蘇軾自幼對梅、歐二公傾慕，喜愛他們的人品與文章，今蒙拔
擢獎勵，感激之心更洋溢於其中。在政策改革中，蘇軾反對王安石
的變法，因此引起王安石一派的排擠，為了遠身禍，求為外任，先
後出任杭州通判，密州、徐州、湖州知州。蘇軾出京作地方官，勤
政愛民，盡心職守。八、九年的時間，他固然輾轉遷徙，但每到一
地都興修水利，賑濟災民，減免租稅，體察民間疾苦。而對於新法
實行中的一些流弊，也「不敢默視」，後因「托事以諷」作了一些
與新法有關的詩文，被言官何正臣、舒亶、李定晦人彈劾為「包藏
禍心」、「指斥乘輿」，於是在湖州任上被突然逮捕送交御史台論罪。
從元豐二年七月被押，到十一月釋放，蘇軾在獄中倍受詬辱，幾置
死地，幸得多方營救，才得貶出，這就是歷史上著名的「烏台詩案」，
蘇軾生活、思想與創作也從此開始了巨大的轉折，蘇軾出獄後，被
貶為黃州團陳副使，但不得簽押公事，近於流放。

　　黃州五年，蘇軾思想轉變很大[7]，一方面他沒有放棄儒家經世濟民思想，繼續關心國家政局，因壯志難酬而苦悶；另方面他閉門思過，消極彷徨，又時時向佛老思想去求解脫[8]，然而，這幾年卻是蘇軾創作上的豐收時期，雄偉的江山，淳厚的民風，溫暖的友情，不能忘懷現實的壯心，促使他寫出了許多著名的詩文，或雄健豪放，或清曠淡遠，成為他一生創作的高峰。

第二節　蘇軾之人格精神

　　蘇軾的人格深受中國傳統文化中的儒、道、佛三家思想的影響，並對三家相容並蓄，形成了一個獨特的體現蘇軾個性的人格精神體系。蘇軾思想出入儒道，雜染佛禪，儒家思想給了他入世的動力和入世後的行為準則；道家思想給了他心靈憩歇的驛站，是他修身之術的來源；佛禪思想給了他逃避現實後的一座避難所，這三者有機的結合起來，相輔相成、互相滲透，共同構成了蘇軾文學內涵的奇絕景觀。

　　蘇軾一生才行高世，卻宦海沉浮，歷經磨難，九死一生：從自求外任杭州、密州、徐州、湖州；再到被貶黃州、常州、穎州、揚州、定州，最後竟至嶺南惠州、海南儋州等荒蠻之地，他始終以浩

---

[7]　王紅升：〈佛教思想對蘇軾黃州時期文學創作的影響〉，《電影評介》（2007年第 10 期），頁 72。

[8]　梁輝：〈談蘇軾的文學與思想〉，《科教文匯》（2007 年第 11 期），頁 18。

然正氣積極入世，坦然面對挫折與壓力，樂觀豁達，關心民生疾苦、國家命運，求真務實，政績斐然；在此前提下，筆耕不輟，創作了大量的優秀詩文，且詩詞文畫書皆自成一家，可謂難得的曠世奇才[9]，南宋孝宗皇帝曾高度評價蘇軾其文其人：「成一代之文章，必能立天下之大節」、「立天下之大節，非其氣足以高天下者，未之能焉。蓋存之於身謂之氣，見之於事謂之節，節也，氣也」，這個「氣」指的就是蘇軾的主體人格，蘇軾一生的經歷向我們展示的正是他高於天下的巨大的人格魅力卓然超群、歷盡磨難而衷心不改。

由於政治上不斷受挫折，佛、道思想影響加深，並成為他尋求解脫政治苦悶的工具，任他通判杭州時，經常出入佛司，拜訪名僧。黃州五年，他的佛老思想更加急劇發展。但是直到遠貶惠、儋時期，他仍然有用世之心，以儒為主，融合佛老，進退行藏，這就是蘇軾一生的思想狀態。這種思想境界表現在文學佛作上，既有對現實的批判，又有人生如夢的感喟，也有瀟灑自適的抒情。蘇軾作品內容的複雜性，正是他多元思想的表現。

一、儒家思想之影響

蘇軾之才氣、智慧乃眾所周知，然而他的宦途卻顛簸坎坷，雖然歷遭貶謫，卻不影響他對國家、人民的效忠與關愛，而促使他有這樣的信念與思維，便是從小所受的家庭教育與儒家思想的影響，

---

[9]　高菊梅：〈論蘇軾人格中儒家思想的主導作用〉，《長江工程職業技術學院學報》（2006年第2期），頁59。

蘇軾的創作風格是多方面的，思維方式也因時空環境的不同而有異，儒、釋、道三家的思想經常出現在他的作品創作中，根據王水照先生在其《蘇軾論稿》[10]中提到：「探討和研究蘇軾的創作分期，必將有助於對其作品思想和藝術特點的深入理解」，儒家入世思想對蘇軾的影響最大的是其政治人格。他時刻把儒家積極入世思想作為自己立世的標準，「不獨善其身，又兼濟天下」成為他一生行為的信條；借助佛老超越佛老，而未消極出世、陷入個人的痛苦，因而蘇軾超然卓絕的人格魅力歷來為人們稱道。

　　儒家講求入世，蘇軾做官銳意進取，渴望建功立業，濟世報國，立一番大事業，「老夫聊發少年狂，左牽黃，右擎蒼。錦帽貂裘，千騎卷平岡。欲報傾城隨太守，親射虎，看孫郎」，蘇軾敬佩英雄，更渴望成為像周瑜那樣「談笑間，檣櫓灰飛煙滅」的千古風流人物，甚至在已經「鬢微霜」的年齡，仍發出「又何妨」的吶喊，強烈的入世精神表露無遺，蘇軾曾為政治上的失意而悲傷，壯志未酬，功業無成，失望至極，更從反面表現了蘇軾的強烈的進取精神[11]，因此儒家思想在他的性格中體現為忠誠、剛正、忘我、愛民，蘇軾不時流露憂國憂民的情懷，為民做事，同時直而不隨，剛正不阿，光明磊落，在政治上堅持自己的見解，堅持正道，不因哪方是得勢新貴而趨附於任一邊，這也是他在仕途上屢屢受挫、被打擊的重要原

---

[10] 王水照先生認為，就蘇軾現存的集子而言，時間跨度如此漫長、作品內容如此豐富的創作歷程，必然呈現出階段性，而本文的寫作亦依王先生的看法來探討蘇軾的創作。王水照：《蘇軾論稿》（台北：萬卷樓圖書公司，1994年），頁4。

[11] 馬茂軍：〈自由的思想與自由的抒寫──論蘇軾散文的藝術精神〉，《江淮論壇》（2005年第6期），頁46-47。

因，從蘇軾所表現出的行為與節操，都是儒家所推崇的典型的「君子」形象和理論，在儒家經世思想的浸染下，中國讀書人在失意之際多以：

$$用世之志 \xrightarrow{\text{儒家思想}} 立志讀書 \xrightarrow{\text{不遇}} 歸隱$$

的途徑作為士人的寫照，然深受儒家影響的蘇軾斷然採取堅守立場的態度終其一生。

　　孟子云：「吾善養吾浩然之氣。……。以直養而無害，則塞乎天地之間。」蘇軾自幼開始接受愛物仁人、經世濟民的儒家思想，從而成就了他「奮厲而有當世志」的浩然之氣，這種濟世救民的思想進朝為官後就更加明顯，他殫精竭慮，積極上書，希望能夠改變北宋王朝積貧積弱的局面。在〈思治論〉奏章中，他指出北宋國力衰弱的三大因素是：「無財、無兵、無吏」，進而提出「豐財、強兵、擇吏」三方面的改革目標和措施，指出這是宋王朝政權能否鞏固的關鍵問題：「財之不豐，兵之不強，吏之不擇，此三者，存亡之所從出，而天下之大事也」。

　　德治仁政理想體現在處事行為上就是忠君愛民。蘇軾的忠君不是愚忠，而是直言敢諫，公心為國，即使被貶他也戀戀不忘君主朝事，認為「丈夫重出處，不退要當前」（〈和子由苦寒見寄〉）。烏台詩案後，蘇軾被貶為黃州團練副使，雖然形同囚犯，但他依然作詩「願為穿雲鶻，莫作將雛鴨」（〈給友人陳慥〉），在到黃州的謝表中他寫道：「貪戀聖世，不敢殺身，庶幾餘生未為異物，若獲盡力鞭

棰之下，必將捐軀矢石之間，指天誓心，有死無易」(〈與滕達道書〉)
其肝膽忠烈，不懼不悔，死而後已的壯烈情懷，足以感天動地。

如果說忠君是蘇軾實現自己政治理想的一部分的話，那麼愛民
惠民則是蘇軾坎坷一生的終極目標。無論是杭州任上疏浚西湖、修
築湖堤，密州滅蝗除害、賑災救荒，還是徐州上任抗洪搶險、保一
方平安，他都能以國事百姓事為先，免除賦稅，興修水利，發展生
產，整飭軍紀，甚至是在最荒遠的儋州，也能為黎民傳播先進文化，
開鑿井泉，介紹先進農耕方法，發展當地生產，這種以天下事為己
任，將個人得失置之度外，樂觀積極的人生態度形成了他強大的人
格感召力，受到百姓的愛戴和文人士大夫的追隨。反過來，這種擁
戴又給他精神的慰藉，使得他心胸開闊，更以天下為己任，蘇軾有
一首詩〈自題金山畫像〉：「心似已灰之木，身如不系之舟。問汝平
生功業，黃州、惠州、儋州」，把黃州、惠州、儋州作為自己一生
功業的代表，絕非是對自己被貶逐嶺南、海南之地的自嘲，而是把
貶逐之地作為磨練自己意志的場所，在這裡，他的人格才得到了真
正意義的昇華[12]。處厄無怨，積極處世，這是一種難得的儒家士君
子風度。獨善其身，兼濟天下，實現太平治世，確實是蘇軾一生的
追求，歷盡磨難而癡心不改。但在這一過程中，佛老思想又不時衝
擊著他的信念，滌蕩著他的靈魂。

不可否認，蘇軾詞中確有為數不少的篇目流露出謳歌醉酒、感
慨成敗、嚮往歸隱生活的思想。其實，成長在儒釋道多重傳統文化

---

[12] 施肅中：〈試析蘇東坡的出入世思想及其散文創作〉，《福建省社會主義學院
學報》(2005 年第 3 期)，頁 11。

影響之下的文人，對儒釋道的接受都不可能是單一的[13]，如李白的傲岸狂放中卻間雜著無法實現功名抱負的苦悶，王維在「致君堯舜」的理想受屈壓之後對佛教的皈依，這樣的例證舉不勝舉，在波瀾層生的仕途，宗教是古代仕人精神的慰安之所和靈魂的憩棲之地，因此，蘇軾對於佛老思想的相容並取恰恰是其文化人格完美的體現。曾棗莊說[14]：

> 蘇軾雖然深受佛老思想的影響，特別是在政治失意後，但是他的思想的主流仍然是儒家思想。他吸收的釋老思想，主要是吸收的他認為與儒家思想相通的部分。

在他政治上奮發有為、嚮往實現他經世濟民的政治思想時，也曾批判過釋、道思想。如在〈議學校貢舉狀〉寫到：

> 今士大夫至以佛老為聖人，鬻書於市者，非莊老之書不售也。……使天下之士，能如莊周齊生死，一毀譽，輕富貴，安貧賤，則人主之名器爵祿，所以礪世摩鈍者，廢矣。

特別指出了佛老思想之虛空以及對「人主之名器爵祿」的極大危害。但在他處於逆境，經世濟民的政治理想難於實現而又遭排斥打擊時，則又更多地接受佛老清靜無為，超然物外的思想，在其中

---

[13] 梁桂芳：〈論蘇軾的民胞物與思想及其產生的根源〉，《棗莊學院學報》（2004年第 6 期），頁 62-65。

[14] 曾棗莊：〈論宋賦諸體〉，《陰山學刊》（1991 年第 1 期），頁 3。

尋找精神的寄託[15]，又如在〈醉白堂記〉一文中，他借稱頌韓琦來
表現自己的處世態度：

> 方其寓形於一醉也，齊得喪，忘禍福，混貴賤，等賢愚，同
> 乎萬物而與造物遊，非獨自比於樂天而已。

蘇軾之所以這樣做，是因為他認為佛老思想同儒家思想並不是
完全對立的，而自有其相通之處，〈上清儲祥宮碑〉云：

> 道家者流，本出於黃帝老子。其道以清靜無為為宗，以虛明
> 應物為用，以慈儉不爭為行。合於《周易》『何思何慮』、《論
> 語》『仁者靜壽』之說。

他甚至認為出世的佛家與入世的儒家實際是相通不悖的，當
然，他揚棄了一般學佛、學道者的玄虛莫測，又吸收佛道中比較切
近人生實用的一面，於玄虛縹緲中去求一種簡易、粗淺、實用之美，
這是蘇軾學佛老的獨特的審美態度，也是他能將三家思想巧妙變
通，不拘一格的具體體現，然而蘇軾學習和吸收佛老思想的總的傾
向，並不是為了避世，而是追求一種超世俗、超功利的人生品味[16]，
這種昇華之後的境界，即是本我、真我，一如〈後赤壁賦〉中那「霜

---

[15] 陳思君：〈對傳統士大夫人格的超越──論蘇軾寓惠思想〉，《惠州學院學
報》（2004 年第 5 期），頁 10。
[16] 王靖懿：〈試論蘇軾儒道禪思想的整合〉，《中國礦業大學學報》（2004 年第
2 期），頁 85。

露既降，木葉盡脫，人影在地，仰見明月。顧而樂之，行歌相答」
的境界既是道家的超脫世俗思想的流露，更是儒家人仁者樂山、智
者樂水的突出體現，前、後赤壁賦裡的超然物化，淩虛禦風借助的
是道家的一般理想，表達的卻又是儒家的太平治世理想的至高境
界[17]。尤其〈前赤壁賦〉中寫到了客與我的對話，更能看出儒家理
想與佛道思想的鬥爭、融合。實際上客和我，只不過代表了作者思
想矛盾的兩個方面，主的思想就是儒家的積極人生態度，而客則是
佛道兼有的綜合體現。最後作者總結出的「自其變者而觀之，則天
地曾不能以一瞬；自其不變者而觀之，則物與我皆無盡也，而又何
羨乎？」的人生哲理，是融合了佛道的儒家思想的昇華，心結頓釋、
豁然開朗，從而達到了個人審美的自覺理性效果。

　　值得注意的是：蘇軾對屈原、李白、杜甫、陶淵明等人的文化
品格多有欽慕借鑒，以蘇軾與此四人比較，屈子幽怨蘇子瀟灑，謫
仙狂傲坡仙平易，子美悲而子瞻樂，淵明遁世東坡務實。其中，原
因是蘇軾能夠始終以儒家思想作為自己的立世準則，總不忘記自己
肩負的使命，不斷地自我反省，坦然面對挫折與坎坷[18]，在人格的
磨礪方面，顯然也更自覺。屈原愛國忠君之心天地可見，可是他以
犧牲自我生命為前提，就無法實現自己的理想；李白徹底任情任
性，傲骨不更，無法實現由個體文人向士君子的角色轉變；杜甫憂
國憂民只能在詩裡體現，不能真正入世改變當時的時事；陶淵明則

---

[17]　王德軍：〈蘇軾平淡美的意蘊及其思想淵源〉，《長春大學學報》（2004 年第
　　　3 期），頁 54。
[18]　曹志平：〈論蘇軾的心安境界及其深層思想結構〉，《西北師範大學》（2004
　　　年第 4 期），頁 106。

把自己完全沉浸於園林風光中，與其說他是歸隱，不如說是他在逃避社會，營造個人桃花源。換句話說這四人皆為君子，而不是士君子，獨獨善其身而不能兼濟天下[19]。文人自古以來的弊病，就是只會為文，不會為官，而要是博取了功名為官，又很少像蘇軾那樣保持獨立清醒的政治人格，如若有，一遇政見不和或權力威脅而被貶，則鬱鬱寡歡，一蹶不振，難有實績。蘇軾的最難能可貴之處就在於即使被貶，也剛而不餒，不似屈原之激憤哀怨憂愁繾綣，也不似韓愈那樣「雲橫秦嶺家何在，雪擁藍關馬不前」的迷茫悽惶[20]。儒家思想給他啟悟，讓他覺醒，一遇挫折，佛老思想給他最大的安慰，但是他並沒有沉寂如陶淵明，陷入其中，而當儒家積極入世的思想與儒釋道一經融合，蘇軾便很快從困境中解脫。這種融合使得人物文化人格呈現出獨特的美。

二、道家思想之影響

　　觀之蘇軾詩、文，亦可知蘇軾深受道家思想的影響，講求辯證處世，物我合一，儒學精神不但與道家不同，而且與以事功自矜的戰國縱橫家也不同。不過從思想的內在淵源來看，倒是道家精神與儒家精神有更多的相通，在蘇軾的詩文中，道家尤其是莊子哲學精神的影響，還是佔據首要位置的。

---

[19] 施建平：〈蘇東坡的心路歷程——淺論蘇軾在黃州時期的思想與散文創作〉，《蘇州市職業大學學報》（2003 年第 3 期），頁 89。
[20] 蘇培安：〈一點浩然氣－千古快哉風——兼論蘇軾的政治思想〉，《西南科技大學學報》（2003 年第 4 期），頁 118。

　　蘇軾一生深受道家和道教思想的影響，即使是仕途順利的早年，也常常表現出歸耕的思想，在經歷了宦海沉浮以後，更是「歸」心（歸隱之心）似箭。當然，他一生中雖無時無刻不想著歸隱、歸耕，卻終老未成，他極為尊崇陶淵明，寫了很多「和陶詩」，但始終未能像陶淵明那樣自隱田園，這決不能說他言不由衷，而是宋代的政治、文化使然。實際上，蘇軾是對陶淵明進行瞭解構和重構，借其在玄學和自然中消解悲劇意識以至達到「平淡」的方式來建構自己新的「絢爛之極，歸於平淡」的審美人格，他還將道教避世養生的追求和道家棄世歸隱的思想融合起來，成為蘇軾歸耕的經驗形態和形上形態的雙重依據[21]。品讀蘇軾不同時的文章，我們可以發現其中含有對於隱逸生活的嚮往，同時，把不同時期的文章分別歸結，展示出蘇軾一生中這種歸去情結的總體趨勢：從通判杭州時期「以功成名遂為歸宿」，到知密州時期「欲歸又恐的委屈」，再到徐州、湖州「故鄉千里佳處遲留」，一直到黃州時期「聊從造物遊」的痛苦與解脫，最後歸結到黃州之後的「此心安處是吾鄉」，蘇軾一生的過程也是他的歸去情結的成長發展過程。

　　蘇軾十分喜歡研讀《莊子》，對道家尤其是對莊子思想有很深的領悟和體會，對其中的一些關於道論及人生智慧的思想甚為服膺，因此在他複雜的哲學思想體系中含有莊學思想是十分自然的[22]。在其作品裡也或隱或顯地體現了他的莊學思想，察這些作

---

[21]　王渭清：〈論蘇軾文藝思想的莊學淵源〉，《青海師專學報》（2004 年第 2 期），頁 36-38。

[22]　馬得禹：〈問汝平生功業，黃州、惠州、儋州——仕宦經歷與蘇軾思想的轉

品，我們可以比較清晰地看到蘇軾對道思想的態度及其思想中的莊
學理趣。又，蘇軾在他的作品中多次用仙鶴這一道家的審美符號來
表達自己的理想和追求。如：「綿綿不絕微風裡，內外丹成一彈指。
人間俯仰三千秋，騎鶴歸來與子遊」，可見他以道教的方式確立了
自己擺脫人生焦慮的理想模式，蘇軾終生好道，對長生久視的道教
神仙充滿了無限嚮往，親身練習各種方術，希求進入道教所描述的
神仙境界[23]，這種思想在他的〈前赤壁賦〉中有很顯著的體現：對
於水、月和天地萬物，有「又何羨乎」這種變與不變的觀點，當他
的思想矛盾到極點時，只好用這樣的老莊哲學去幫助他從自然景物
中求得解脫和慰藉，說了一通變與不變的理論之後，又將其應用與
人生和組我，這種物各有主的說法，仍是道家超越現實，放任自然，
寄情山水的消極避世思想。

　　歸去情結是仕隱情結的原生形態，歸去情結也就是仕隱情結，
它存在於蘇軾的內心深處，伴隨了蘇軾一生。在這種仕隱進退的矛
盾中，蘇軾完成了對淵明隱逸情結的承繼，使得這種隱逸文化有了
更深層次的涵義，東坡仰慕淵明卻不想效法淵明，他對淵明的稱讚
只是為了使自己在仕宦生活中仍保持一種「麋鹿之姿」[24]，這種情
結既有儒家積極的仕進精神，也有道家獨善其身的精神，曠達的體
認與隱含的悲哀才是一個完整的仕隱情結，蘇軾從來沒有真正的想

變〉，《甘肅教育學院學報》（2002 年第 4 期），頁 9。

[23] 湯岳輝：〈簡論蘇軾在傳統文藝美學思想發展中的貢獻〉，《惠州大學學報》
　　（2001 年第 3 期），頁 72。

[24] 張瑞君：〈莊子審美思想與蘇軾文藝觀〉，《山西師大學報》（1994 年第 4
　　期），頁 26。

做一個隱士，歸去的反復吟唱只是他對於淵明代表的士人出世精神
的承繼與發展而已。

　　愈到晚年，老莊思想對他的浸潤愈加深厚，由青年時期的力闢
佛老最終發展到晚年的融合佛老，強調老莊與儒學的一致，力圖把
道學同儒學結合起來，認為道家的教義合於儒術。東坡運思謀篇，
善於化實為虛，以變濟窮，波瀾更迭，出人意表，奇幻精警處與老
莊文字十分相似[25]。李塗《文章精義》云「莊子文章善用虛，以其
虛而虛天下之實；太史公文字善用實，以其實而實天下之之虛……
子瞻文學《莊子》，入虛處似」。道教的浸潤，使蘇軾的作品形成了
自己獨特的藝術風格。北宋自王禹偁（954-1001）起，為文崇尚平
易，反對苦澀。其後的歐陽修（1007-1072）、梅堯臣（1002-1060）、
蘇舜欽（1008-1048）等人繼起，或長於疏暢，或長於閒談，或長
於豪縱，都是走平易的路線，而又有自己的獨創。東坡是歐、梅、
蘇的直接繼承者，其文筆行雲流水般的自然，實乃「平易」之一境。
但他的自然又與活潑、恣肆、警策相融合，而形成了縱橫博辯，一
往無礙，隨物賦形，機趣橫生的文風，這顯然是得力於老莊的。
由於蘇軾諳熟老莊，他揮毫染翰，常能於經史詩賦之外，旁搜博
采，熔化老莊而不著痕跡，隨手拈來，驅遣自如，真所謂「胸有
洪爐，金銀鉛錫，皆歸熔鑄」，它擴大豐富了東坡的創作思想和
語言技巧。

　　老莊的人生虛無思想和無是非觀等，在東坡的作品中時有流
露，事實上，對東坡創作不斷產生影響的，乃是道家的清靜無為，

---

[25]　李艷：〈道家思想與蘇軾的創作理論〉，《廣西右江民族師專學報》（1998 年
　　第 3 期），頁 51。

不為而為的思想，看穿憂患因緣自適的思想，返樸歸真傲視榮華富
貴的思想，以及樸素的辯證法思想[26]，蘇軾善於把老莊的這些教義
同儒家的理論完善地結合起來，作為行動的準則，以應付宦海浮沉
多變的政治環境。

　　東坡曾說：「學佛老者本期於靜而達，靜似懶，達似放。」他
不贊成走向懶和放，而是以入世精神來對待空靜，他不反對針砭時
弊的改革，但他主張的是儒家的寬簡之政與道家的不為而為思想的
混合物，這對王安石激進派操之過急，繁法擾民的弊端，是有糾
偏之效的[27]。「期於達」也是蘇軾潛心老莊所祈望的一種境界，
所謂「達」，指識見通達而不滯阻，心胸豁達能因緣自適，乃至
履危歷險而泰然自若[28]。蘇軾詩文中所體現的這種襟懷和修養是
很突出的，蘇軾在作品中常常因物興感，即景生悲，又隨手掃滅
情累，歸於達觀，自設矛盾，又自我解脫，不使自己走向頹廢和
玩世不恭。

　　蘇軾的道家思想對其審美觀和藝術創作的影響，他把修道同藝
術創作有機結合起來，把道的觀念和道的原則貫穿到他的創作中，
使得其作品具有靈氣，更具美感，蘇軾散文中體現的道家思想往往
經過儒家思想的中和與改造，成為一種儒化了的道家思想，在特殊

---

[26] 龍晦：〈從前赤壁賦談蘇軾的宗教思想〉，《中華文化論壇》（1998 年第 1
期），頁 23。

[27] 張維：〈試論蘇軾的美學思想與道學的聯繫〉，《社會科學研究》（1994 年第
4 期），頁 32。

[28] 劉艷麗：〈蘇軾美學思想淺論〉，《河北師範大學學報》（1998 年第 3 期），
頁 39。

環境中，發揮出較多的積極作用，蘇軾的虛靜之心，既與莊子思想超越的一面相通，又無法擺脫儒家思想的羈絆，蘇軾繼承和綜合了儒道兩家所標榜的理想人格思想，提出「君子如水，因物賦形」的人格理想，蘇軾的人生境界、文學藝術追求，都打上了這一理想人格境界的烙印[29]。宋代理學興起，對蘇軾創作也產生了一定的影響，「理」貫穿著蘇軾的整個哲學思想、文藝理論和創作實踐，表現在重理、知理和達理三個方面。

　　蘇軾謫居黃州時，曾寫下這樣的詩句：「吾生本無待，俯仰了此世。念念自成劫，塵塵各有際。下觀生物息，相吹等蚊蚋」（〈遷居〉）這表明道家的逍遙游世的人生態度這時已對他發生了重要影響，此時，一種退隱之念油然而生：「小舟從此逝，江海寄餘生」（〈臨江仙・夜歸臨皋〉），有時，他也不免有一絲失意狀態下的傷感，吟唱出「多情應笑我，早生華髮」、「多情卻被無情惱」等名句，在其失意之時，佛道出世界頻頻出於筆端。蘇軾喜歡放眼宇宙，跨越時空對比，著眼天地，物我古今合一，縱然有「釃酒臨江，橫槊賦詩」的英雄氣概，但一句「而今安在哉」的反問，一下子使蘇軾的精神空間提升到一個超邁古今、獨步天下的舒闊境界，原來偉大與渺小，只是一回事，都是歷史長河的一個瞬間，世事都將轉空，橫空的人物都終成過客，倒不如寄情酒歌，托意簫音，這正是道家所追求的那種超然物外，隨遇而安[30]，通過理性的思辨，而達

---

[29]　文師華：〈人生交響曲中的雙重旋律──論蘇軾仁政愛民的政治思想和隨緣放曠的人生態度〉，《南昌大學學報》（1998 年第 2 期），頁 55。

[30]　李繼華：〈論烏臺詩案對蘇軾思想及創作的影響〉，《周口師範學院學報》（1997 年第 3 期），頁 17-18。

到的樂觀、曠達、超然、自適、超越功利、一切淡然處之的人生態度。

　　道家的生存方式是歸隱，蘇軾深受道家影響，自然少不了對歸隱的嚮往，根據統計，在蘇軾現有的三百六十多首詞作中，歸字竟出現了一百餘次，蘇軾仰慕歸隱，但終其一生，卻並未有真正意義上的歸隱。李澤厚先生在《美的歷程》[31]中說「蘇軾一生並未歸隱，也從未真正歸田」，而他通過詩文所表達出的那種人生空漠之感，卻比前人任何口頭上或事實上的「退隱」、「歸田」、「遁世」要更深刻更深重[32]，因為蘇軾詩文中所表達出來的這種「退隱」心緒，已不只是對政治的退避，而是一種對社會的退避，他所追求的並非外在的「身」的隱退，而是內在的「心」的退隱；他嚮往的所「歸」之處，並非家鄉眉州，而是一個使自己複雜靈魂安放解脫的精神家園。

　　在中國文學史上，有相當多的作家與老莊結下了不解之緣，但他們對老莊的態度和所承受的影響，卻是不盡相同，蘇軾濡染老莊，重在研究其哲理[33]，他善於以儒家思想為基礎，有選擇地融合老莊，藉以圓通地應物處世，取得隨遇而安，無往不適的效果，他以文學家的姿態出入老莊，將道家的空靈透脫注入詩文，形成自己獨特的藝術風格。

---

[31] 李澤厚：《美的歷程》（台北：谷風出版社，1987年），頁37。

[32] 郭紅欣：〈論道家思想對蘇軾辭達說的影響〉，《咸寧學院學報》（2007年第4期），頁9-10。

[33] 閻自啟：〈蘇軾美學思想新探〉，《洛陽大學學報》（1997年第3期），頁21。

三、佛家思想之影響

　　佛家思想同樣深深地印入了蘇軾的人格和心靈中，佛家曰「萬事皆空」，人生中的原本使人煩惱、讓人心焦的諸種悖論，生死、貧富都可以被化解，因此，蘇軾渴望超脫生死貧富得失禍福榮辱等一切世俗的悖論對人的心靈的束縛[34]。佛家禪宗思想對蘇軾的影響與其家學淵源及個人修養有密切的關係：他出生在一個世代信佛的家庭，就其父母而言，與僧人交往很多，其弟蘇轍也篤信佛教，其繼室王氏，小妾朝雲也學佛，這些都對他信仰佛教有很大的影響，蘇軾的思想體系的形成，無疑是吸納融合儒釋道三家的結果，而佛家思想在其中發揮了尤其重要的作用。蘇轍在〈亡兄子瞻端明墓誌銘〉中論及蘇軾所學時說：「初好賈誼、陸贄書，論古今治亂，不為空言，既而讀《莊子》，謂然歎息曰：『吾昔有見於中，口未能言，今見《莊子》，得吾心矣。』……後讀釋氏書，深悟實相，參之孔、老，博辯無礙，浩然不見其涯也。」由此可見蘇軾思想的源流變易，他先是為吸收儒家治平思想，重實用之學，不為無用之空言，後感興趣於道家，莊子先得其心，而貶謫黃州後，蘇軾開始深受佛家影響，終以佛家思想貫通超越儒、道，能夠博辯無礙，構建起卓然獨立的思想和人生境界。佛家思想作為中國傳統文化的主幹之一，歷代文化人都對其津津樂道，但蘇軾對於佛家的參究，決非泛泛而

---

[34] 謝建忠：〈論佛教哲學與蘇軾的人生如夢思想〉，《西南民族學院學報》（1998 年第 3 期），頁 56。

學,確是用過深心、下過苦功的,並有真實所得[35]。貶謫黃州可以說是蘇軾生命的轉捩點,在黃州蘇軾真正開始大量接觸佛學,蘇軾對佛家思想在自己人生中起的重要作用,作了充分的肯定,而本文要分析的佛家思想對蘇軾文學的影響,正是佛家思想對蘇軾人生影響的一種真實反映。

他十幾歲初入仕,任鳳翔簽判時,即習佛於同事王大年,通判杭州時常聽海月大師宣講佛理「白憂冰解,形神俱泰」,並於禪僧廣為交往。蘇軾學禪主要是為了借鑒禪宗頓悟真如的方式來進行心靈修養,禪宗的頓悟理論認為:成就佛道,不需概念、判斷、推理等邏輯形式,不需對外界事物進行分析,也不需經驗積累,只憑感性直觀在瞬間把握事物的本質[36]。蘇軾正好借助於此去追逐一種超脫曠達的精神境界,他的人生哲學可以用兩個字來概括:「靜」(生活態度)、「達」(個人對宇宙人生的理解及其處世行事的方式),而「靜」正是把佛教禪定時的那種虛、靜的特殊心理狀態吸收到他的哲學體系中。

蘇軾由於遍嘗人生酸甜苦辣味,看透了人世百態紅塵冷暖,看透了政治的污濁和宦海官場的傾軋,認為禪學高妙,所以他向禪不是僅僅停留在表面,狂放不羈,而且還通過詩文表現他那種內心獨特的感受,內在的超俗和孤獨,因而他的安身之法就是通過佛禪的安慰,來擺脫他對現實的失望,也站在佛禪的角度來審視自己和別

---

[35] 郭春萍:〈思維轉換與跳脫─也釋蘇軾的思維方式和人生哲學之形成〉,《徐州教育學院學報》(1990 年第 4 期),頁 13。

[36] 張玉璞:〈佛老思想與蘇軾詞的創作〉,《齊魯學刊》(1997 年第 3 期),頁 67。

人，以及他所處的社會，達到了「不以物喜，不以己悲」的境界。他用詞表現來佛教義理，把佛禪作為他對社會人生思考的主要來源之一；他也以禪論詩更以禪入詩，借用禪理或引申禪理來比喻詩理或論述詩理，把禪作為詩才詩料乃至詩魂直接運用於詩歌創作中；他以克制、和諧的方法來追求內心世界的平衡精神上的解脫和人生完美境界的實現，這其實是一種自我欺騙，是一種保持淡薄寧靜，實行與世無爭，主張躲避退讓的做法，其實質是逃避社會遠離現實的消極人生哲學，此時佛禪思想像減壓一樣為心理不平衡起了緩衝和減壓的作用，這也是他安身之法的體現。

　　蘇軾因受佛家思想影響頗深，故習慣用佛家的色空觀念看待事物。白居易詩云：「百年隨手過，萬事轉頭空」，蘇軾則更進一步認識到「休言萬事轉頭空，未轉頭時是夢」，這種對整體人生的空幻、悔悟、淡漠感，這種攜帶某種禪意玄思的人生偶然的感喟，其中深深地埋藏著某種要求徹底解脫的出世意念。「一蓑煙雨任平生。料峭春風吹酒醒，微冷，山頭斜照卻相迎。回首向來蕭瑟處，歸去，也無風雨也無晴」，短短幾行，居然包括了四重境界：吟嘯暴風驟雨，一任煙雨平生，笑看雨過微晴，無風無雨無晴。蘇軾的一生並非無風雨：三次遭貶，一次坐牢，可謂大風大雨，他卻能不懼風雨，一任平生，笑看陰晴。如果說這些都不算什麼，最讓人佩服的是能夠做到無風無雨無晴，方才遇雨，詞人未盼晴，也不認為風雨有什麼不好，現在天雖然晴了，喜悅之情也淡的幾乎沒有，就好像仕途中時有晴雨，但在蘇軾的心中卻無晴雨，十分平靜，如此正是禪宗所說「凡所有象，皆是虛妄，應無所住，而生其心」、「身是菩提樹，

心如明鏡台。時時勤拂拭，莫使有塵埃」、「佛性常清淨，何處染塵埃」那種內心極其平靜、淡然、超脫的人生處世原則。

受佛教世界觀的影響，蘇軾習慣用色空觀念去看待事物，作品中常常蘊含著一種人生無常、世事變幻、萬物皆空的哲理，體現出對人生思考之後的大徹大悟，佛教修行的最高境界是無我與解脫，追求一種靜心、無限、徹悟的精神自由狀態[37]，它要求人們修持心理和精神，斷除妄惑和欲念，根絕憂慮和煩惱，並認為只有這樣才能使精神超越肉體的束縛，獲得淨化和昇華，達到一種靜心無想、超然解脫的人生境界，這種佛教理論的影響，蘇軾黃州時期的文學創作極力追求樂觀豁達、隨緣自適、隨遇而安、順其自然、不執著、不強求的自在狀態。這樣的心境在蘇軾貶謫黃州五年顯現得最為清楚，蘇軾初到黃州時曾寫下這樣一首詩「自笑平生為口忙，老來事業轉荒唐。長江繞郭知魚美，好竹連山覺筍香。逐客不妨員外置，詩人例作水曹郎。只慚無補絲毫事。尚費官家壓酒囊」（〈凡間食〉），可見蘇軾從遭貶之初就是抱著一種隨遇而安的心態開始他的謫黃生活的。

在蘇軾的內在人格精神中，儒、道、佛三家思想並非獨立無關，而是三家相互為用，以一種開放的相容態度，取三家之精華，把儒家固窮的堅毅精神、老莊輕視時空和物質環境的超然態度以及禪宗以平常心對待一切變故的觀念有機地結合起來，形成了一個博大豐富、體現蘇軾獨特個性的人格精神[38]。歷來士大夫以仕途為人生正

---

[37] 程光泉：〈人生目的的闕失與靈魂拯救──蘇東坡思想綜論〉，《濟南大學學報》（1996 年第 2 期），頁 45-46。

[38] 陳冬梅：〈蘇軾超然思想探析〉，《聊城師范學院學報》（2001 年第 5 期），

途，出世往往是被動不得已的，並不是其主動追求的境界，而是一種對自我進取精神的壓抑摧折。蘇軾人格精神的意義則在於把儒家的積極入世與道釋莊禪的超然出世變為共時代同步，使得道釋的出世思想不僅未成為消極因素，反而成為一種獨立於污濁現實之上的精神支撐。他卓然不隨，堅持自己的獨立見解；剛正、磊落；樂觀、曠達、超然。由此，他在人格精神上佔據了常人難以達到的高地，無論何種風浪、百般刀劍，都不能動搖他高貴、獨特的人格[39]。

　　傾心佛老，並不表明蘇軾已隱於消沉而不能自拔，在給友人的信中，他說：「學佛老者，本期於靜而達。靜似懶，達似放。學者或未至其所期，而先得其所似，不為無害」，這表明他信佛老，意在完善人格修養，在惠州時，他寫下了「勝固欣然，敗亦可喜。優哉遊哉，聊複爾耳」（〈觀棋〉）的名句，表現了一種超然於紛爭之處的淡泊心境，道家的清靜無為、超然塵世的思想，在蘇軾心境中已成為一種人生態度的曠達。

　　在當時的社會治國濟世的儒家思想，以心為本、以悟為則的禪學智慧和超世脫俗、寂寞清脫的佛道精神，成為文人士子安身立命的精神柱石[40]，蘇軾也不例外，其思想出入儒道，雜染佛禪，既能

頁 25。

[39] 余秋雨稱讚蘇軾「成熟是一種明亮而不刺眼的光輝，一種圓潤而不膩耳的音響，一種不需要對別人察言觀色的從容，一種終於停止向周圍申訴求告的大氣，一種不理哄鬧的微笑，一種洗刷了偏激的淡漠，一種無須聲張的厚實，一種並不陡峭的高度。」余秋雨：《山居筆記》（台北：爾雅出版社，1995 年），頁 108。

[40] 王渭清：〈佛家中道思想對蘇軾的影響〉，《寶雞文理學院學報》（2001 年第

關注朝政民生，保持獨立的見解，又能隨緣自適，達觀處世，從三足鼎立之勢就能看到他文學觀的組成樣式。

宋代是儒釋道三家融合的時期，儒家積極仕進的精神是每個文人學士的精神支撐，他們的人生目標是社會國家、江山社稷，然而，現實的境況往往使他們難以遂願。這時候，道家的回歸自然和釋家追求內心修省的精神，則使他們得到了心靈的慰藉；儒家積極進取的入世思想使士人精神振奮，熱情參與政治，而道家任自然、輕去就的思想和釋家追求自我解脫的思想又使他們能超然對待人生的榮辱得失。「儒者飾身之教，故謂之外典；釋者修心之教，故謂之內典也。噫嘻生民，豈越於身心哉？嘻！儒乎？釋乎？豈共為表裡哉？」（智圓僧人〈閒居編・庸子傳〉）。蘇軾是宋儒典型的代表，仕隱情結正是這種思想精神的典型表現。

蘇軾指出儒釋道各家的關係實際上是「相反而相為用」，不謀而合，殊途同歸。在為其弟蘇轍（1039-1112）所著《老子解》作跋時，他非常肯定該書對三教合一的貢獻，指出：「使漢初有此書，則孔老為一；使晉宋間有此書，則佛老不為二」（〈仇池筆記・卷上〉）蘇軾經過獨立思考，有選擇地將老莊與儒學相近的內容融合起來，以達到致用應物的目，在他看來，學儒老「本期於靜而達」，而非「為出生死，超三乘」（〈答畢仲舉書〉）。他十分贊同「孔老為一」，認為只有兼通儒老，才能做到「遇物而應，施則無窮」（〈與滕達道書〉），在儒學體系的基礎上融會諸家而形成自己獨特的思想面貌和文學風格。

第三節　蘇軾辭賦創作風格與內涵

　　蘇軾何以能有此等超人之清曠？學問所致？修養所致？皆非也。筆者以為是天性如此，乃蘇軾真率性情之表現也，蘇軾的性格核心，乃是他的真率，他的屢遭貶斥，從外部原因來說，是北宋黨爭的產物；從他自身的原因來看，則毋寧說是一場性格悲劇，蘇軾的「真」，使他心中無所牽掛，胸懷坦蕩，雖累遭打擊而樂觀情懷不變，故有此曠達，王水照對蘇軾的「真率」性格最有體會，他說[41]：「保持一己真率的個性，追求無飾的自然人格，是蘇軾人生觀、文學觀構成的核心。」可謂一語中的，早在少年時代，蘇軾的父親蘇洵就注意到了蘇軾、蘇轍兩兄弟性格的不同，他在〈名二子〉一文裡解釋了給兩個兒子取名的緣由：「輪、輻、蓋、軫，皆有職乎車。而軾獨若無所為者。雖然，去軾，則吾未見其為完車也。軾乎，吾懼汝之不外飾也。天下之車莫不由轍，而言車之功，轍不與焉。雖然，車仆馬斃，而患亦不及轍。是轍者，善處乎禍福之間也。轍乎，吾知免也矣！」曾棗莊對此言的解釋很有見地[42]：「軾是車上用作扶手的橫木，是露在外面的，因此說：『軾乎，吾懼汝之不外飾也。』蘇軾性格豪放不羈，鋒芒畢露，確實『不外飾』。結果一生屢遭貶斥，差點被殺頭。轍是車子碾過的印跡，它既無車之功，也無翻車之禍，‘善處乎禍福之間’。蘇轍性格沖和淡泊，深沉不露，所以在以後激烈的黨爭中，雖然也屢遭貶斥，但終能免禍，悠閒地度過了晚年。」

---

[41] 王水照：《蘇軾研究》，（河北：河北教育出版社，1999 年），頁 54。
[42] 同注 41。

　　青年時代的蘇軾，由於得到歐陽修的提攜，春風得意，意氣風發。但隨著王安石變法的推行，蘇軾的厄運也就接踵而來，屢遭貶謫，越貶越遠。雖然蘇軾在歷次黨爭中都是處於被排擠、受打擊的處境，但蘇軾並沒有苟容取合，王安石變法，蘇軾覺得新法過於激進，為害百姓，反對變法，因此遭到新黨排斥，通判杭州，他離京時，友人文同曾勸他說：「北客若來休問事，西湖雖好莫吟詩」（葉夢得《石林詩話》）但蘇軾並沒有聽從朋友好意的勸告，從通判杭州到湖州的九年間，針對當時新法的流弊，他寫了一系列的政治諷刺詩，如〈湯村開運鹽河雨中督役〉、〈山村五絕〉、〈吳中田婦歎〉等。蘇軾對王安石變法持反對態度，但他在任地方官期間，看到了新法的某些利民之處，於是改變了對新法的態度，並勇於承認自己的錯誤，在元豐年間寫給朋友的信中，他坦率地說：「吾儕新法之初，輒守偏見，至有異同之論。雖此心耿耿，歸於憂國，而所言差謬，少有中理者。今聖德日新，眾化大成，回視向之所執，益覺疏矣。若變志易守，以求進取，固所不敢；若曉曉不已，則憂患愈深。」（〈與滕達道〉）反省了自己對新法的偏激態度，但他並未利用自己認識缺點的機會去謀求上進。舊黨專權後，蘇軾批評司馬光因而又遭到舊黨排擠，無論受到多大的打擊，蘇軾始終堅持自己的節操。蘇轍〈東坡墓誌銘〉說蘇軾：「臨事必以正，不能俯仰隨俗。」就連他的政敵也不得不敬仰他的品格，與蘇軾的蜀黨相對立的朔黨人物劉安世說：「東坡立朝大節極可觀，才意高廣，惟己之是信。在元豐則不容於元豐，人欲殺之；在元則雖與老先生議論，亦有不合處，非隨時上下也。」（馬永卿輯《元城語錄》卷上）我們可以看出，蘇軾始終堅持維護自己的人格，而對外界強加於他的打擊、壓

迫，蘇軾都忍不住要在作品中發洩不滿，「如食內有蠅，吐之乃已」（〈曲洧舊聞〉）其性格真是率真得可愛。《東坡事類》記載：「蘇子瞻泛愛天下，士無賢不肖，歡如也。嘗自言上可陪玉皇大帝，下可陪田院乞兒。子由晦默，少許可，嘗誡子瞻擇交，子瞻曰：吾眼前天下無一個不好的人。」在這一點上，蘇軾更近於道家的「真」的本質。

蘇軾的人生苦難意識和虛幻意識其實異常沈重，在蘇軾的詩文許多地方都直接發出「吾生如寄耳」、「人生如寄」的感歎，突出表現他對人生無常性特有的感受，「人生如寄」的感歎，在漢末〈古詩十九首〉裡就有過：「浩浩陰陽移，年年如朝露；人生忽如寄，壽無金石固」（〈古詩十九首・驅車上東門〉），顯然人們是在感歎自然的永恆和人生的短暫，藉以表達人生的哀傷，就連一向以豪放、開闊著稱的大英雄曹操也不免在〈短歌行〉感歎起「對酒當歌，人生幾何，譬如朝露，去日苦多」，而蘇軾卻在承襲前人的思想的基礎上，又善於把人生的個體生命放置在人類的長河中，如在〈前赤壁賦〉裡，他樂觀的認為人生與自然「自其不變者而觀之，則物與我無盡也，而又何羨乎！」同樣在他作〈和子由澠池懷舊〉「人生到處知何似？應似飛鴻踏雪泥：泥上偶然留指爪，鴻飛那復計東西」中，「雪泥鴻爪」的名喻，一方面表現了他初入仕途的人生迷惘，體驗到人生的偶然和無常，對前途的不可把握；另一方面，也暗含了他把人生看作悠悠長途，所經所歷不過是鴻飛千里行程的暫時歇腳，不是終點和目的地，總有未來和希望的思想。在短暫的人生面前，前人或求長生不老之藥，或盡情享樂，或像陶淵明那樣「人生似幻化，終當歸空無」（〈歸園田居〉）的放棄追求的追求，而蘇軾的人生之歌固然也如實地唱出了悲哀的聲音，但最終卻是悲哀的揚

棄，「人生如寄」常常是中國文人對人生虛幻性的感歎，歷盡滄桑的蘇軾當然更不例外。然而，我們也能從蘇軾身上讀到他肯定個體生命的珍貴和價值，並執著於生命價值實現的精神。

蘇軾純粹從人生角度去探究人生奧秘，去確認人生如夢，古代文學史上最後一名偉大作家曹雪芹則從社會發展角度去做了紅樓一夢，其實，人生如夢，是有著豐富的生命內涵，並不是簡單的消極悲觀思想，而是一種豁達的人生體驗，甚至是一種激進的人生態度，蘇軾就是一個用自己的言行給它作正確詮釋的人，他在吸取傳統人生思想和個人生活體驗的基礎上，形成的一套從苦難→省悟→超越的思路，蘇軾的人生一直在順境與逆境的出入中，困惑著，前進著，出和入的問題，是中國文人面臨的最大人生課題。追慕自然，是蘇軾也是中國古代許多文人擺脫人生苦境的一種追求，蘇轍〈武昌九曲亭記〉曾說：蘇軾少年時就喜歡登山臨水，且常常「翩然獨往，逍遙泉石之上，擷林卉，拾澗實，酌水而飲之，見者以為仙也。」可見，蘇軾的自然山水之情有著他的天性使然，貶謫時期崇尚自然就更理所當然，他始終是一個善待人生、熱愛生活的人，能夠在自然的風光中，在悲苦的生活環境裡，尋到樂趣和滿足，當他的仕宦之途一貶再貶，直貶到海南那荒漠林中的時候，他也絲毫不覺矮人一等，更沒有因此而氣餒，而是在桄榔林中，就地取材，築為小屋，作〈桄榔庵銘〉以明心志：「九山一區，帝為方輿，神尻以遊，孰非吾居？」出人意表的突發奇想，說這林莽間的小屋，無異於廣大宇宙間的一輿，以尻為輪，以神為馬，遨遊天地之間，此時表現出

來的樂觀精神，已完全超越了物質因素和生活形跡，進入了無物不可觀、無往不可樂的自由王國，據《東坡志林》[43]記載：

> 真宗東封還，訪天下隱者，得杞人楊樸，能作詩，召對，自言不能。上問『臨行有人作詩送否？』樸言『無有。惟臣妻一絕雲：且休落托貪杯酒，更莫倡狂愛詠詩。今日捉將官裡去，這回斷送老頭皮。』上大笑，訪還山，令其子一官就養。餘在湖州，坐作詩追赴詔獄，妻子送余出門，皆哭。無以語之，顧老妻曰：『獨不能如楊處士妻，作一詩送我乎？妻不覺失笑，餘乃出。』

　　蘇軾這段自述，描寫他因作詩諷刺新法而遭禦史彈劾，在湖州被追赴詔獄時，面對哭送的妻兒家人所說的俏皮話，這實際上是以幽默來減輕家人的恐懼和悲傷，同時也藉以使自己從緊張和痛苦中超越出來。

　　蘇軾是讀書人，讀書人自有讀書人的閒情逸致，在逆境中更是排遣苦悶的自我陶醉、自我麻醉、自我解脫的有效方式之一。蘇軾貶往黃州時，他開始真正在東坡一片田地裡務農，自稱「東坡居士」，在和友人孔平仲的一首詩裡，他說道：「去年東坡撿瓦礫，自種黃桑三百尺。今年刈草蓋雪堂，日炙風吹面如墨」，並且他也像陶淵明一樣作詩抒寫久旱逢甘霖後農民式的快活和滿足，同時他把陶淵明的〈歸去來兮辭〉句子重組，照民歌譜曲，並和農夫一起歡

---

[43] （宋）蘇軾：《東坡志林》（台北：木鐸出版社，1982年），頁73。

唱,盡享農人生活的樂趣,或許他在努力淡忘人世間的種種煩惱,
或許也是給別人一種視線的轉移,讓自己得到氣喘的機會。

　　蘇軾在逆境中,他的一雙看待生活的眼睛並沒有因為痛苦和落
魄而暗淡,在看這個多災多難的世界時,蘇軾的眼光也依然是在審
美,這審美,又何嘗不是一種熱愛生命的體現,蘇軾就是在審美中
忘記了痛苦,也淡化了痛苦,從他眼裡看出去的世界,無不充滿了
一種屬於生命和生活的美麗和情趣,因為人生如此美好,才能如此
深切地去感受人生的給予和饋贈,對人生的欣賞中,蘇軾幾乎是感
恩的,仕途之失和生活之艱不曾消磨他對生活的敏銳的洞察力和對
生命的靈慧的感悟力,相反地,在困苦中,他更懂得收藏一點一滴
的快樂和生活的亮點,活出一派天真和精彩。

第三章　蘇軾辭賦之內容建構

　　閱讀是一種多重激發的活動，在閱讀的同時，會經歷各項閱讀歷程環節：從注視、字詞辨識，到句子處理，讀者把握了文章的字面訊息；推論，讀者根據文章的字面訊息，推敲字裡行間沒有明言的隱含訊息；連貫篇章和建立文章結構，讀者把文章銜接並連貫成為一個可理解的整體；賞析文章整體的目的，讀者把所理解的文章內容與自己的生活對照與結合，加深了對世界的認識，進而或欣賞文章，或對文章表示質疑。如此，一篇文章的結構成為分析這篇文章的最小因子，當這些因子集結時就是一篇泱泱美文，單獨分開時則分享了作者的思想、創作動機和意蘊。

　　蘇軾對文藝創作，傾注了畢生精力。他重視文學的社會功能，反對「貴華而賤實」，強調作者要有充實的生活感受，他認為為文應「如行雲流水，初無定質」、「文理自然，姿態橫生」（〈答謝民師書〉），要敢於革新獨創，「出新意於法度之中，寄妙理於豪放之外」（〈書吳道子畫後〉），蘇軾重視文藝創作技巧的探討，他用「求物之妙如系風捕影，能使是物了然於心」，進一步「了然於口與手」來解釋辭達（〈答謝民師書〉），已經觸及了文藝創作的特殊規律。蘇軾的創作實踐體現他的文藝觀：奔放靈動，逸態橫生，才思四溢，觸處生春，藝術上別開生面，成一代之大觀，另外，他能體

察敏銳，文筆灑落，無論描寫風光、物態和人情，都可做到寫物傳神，頗饒情韻，蘇賦蘇詩想像豐富，奇趣橫生，比喻新穎貼切[1]，引人入勝，有時直抒胸臆，議論英發，文思如潮，極富氣勢，李博曾以「運用神異奇想，狀物寫景，議論抒情，闡發哲理[2]」總括蘇軾辭賦的特徵。蘇軾對散文用力很勤，他以紮實的功力和奔放的才情，發展了歐陽修平易舒緩的文風，為散文創作開拓了新天地，敘事紀游的散文在蘇文中藝術價值最高，因此他的賦作以散文賦為主，在文賦中常常融合議論、描寫和抒情於一爐。在文體上，不拘常格，勇於創新；在風格上，因物賦形，汪洋恣肆，更能體現出《莊子》和禪宗文字的影響，在蘇軾的辭賦中樂觀向上的人生態度是始終如一，蘇軾大部分的辭賦創作作於黃州、嶺南、儋州時期，這是他人生當中落魄到最低潮的時候，但辭賦中卻絕少悲嘆自怨，隨處體現的是對人生、生命的禮讚，顯現的盡是脫盡塵雜的灑脫境界[3]。

　　本章從蘇軾賦作之旨趣，押韻，使用修辭及架構方面分析蘇軾辭賦之組成，並以作賦背景作若干之歷史考證以彰顯作該賦之意義及心境。

1　何江南：〈蘇軾散文的比喻手法〉，《東坡研究論叢》第四輯（成都：四川文藝出版社，1986 年），頁 52。

2　李博：〈蘇賦簡論〉《東坡研究論叢》第三輯（成都：四川文藝出版社，1986年），頁 140。

3　劉培：〈論蘇軾的辭賦創作〉，《暨南學報》（2006 年第 5 期），頁 116。

第一節　古賦

蘇軾古賦篇章計有〈灩澦堆賦〉、〈屈原廟賦〉、〈昆陽城賦〉、〈後杞菊賦〉、〈服胡麻賦〉、〈快哉此風賦〉、〈酒隱賦〉、〈中山松醪賦〉、〈洞庭春色賦〉、〈沉香山子賦〉、〈酒子賦〉、〈天慶觀乳泉賦〉、〈菜羹賦〉、〈老饕賦〉。

一、〈灩澦堆賦〉

本篇作於嘉祐四年，蘇軾侍父偕弟自蜀舟行，出三峽至京師。

旨趣	天下之物互取所需而生，有「以安而生變」，亦有「以用危而求安」者。
韻腳	1. 紙韻：已、揣、理、使、以 2. 灰韻：催、盃、來 3. 上聲虞，去聲御，遇通韻：取、去、怒 4. 平聲寒，先通韻：安、然
修辭	1. 譬喻→忽峽口之逼窄兮，納萬頃於一杯。 2. 擬人→喧逐震掉，盡力以與石鬥，勃乎若萬騎之西來。
結構	序→點出瞿塘峽口之灩澦堆是天下最危險之處，並以生動之筆形容該處之險。 首段→全段寫水之變化無窮。 次段→描寫自己之親身體驗瞿塘峽之水勢盛大湍急。 末段→以議論之筆收尾，世上之物可因其特性成為助力或阻力。

　　全文為融合寫景、抒情、議論於一爐，對於狂怒之江水，用馳騁誇張的筆調鋪張陳述，將江水通過峽口之情態寫得有聲有勢，文中除了有景外，亦有令人震撼之水聲。

二、〈屈原廟賦〉

　　此篇與〈灩澦堆賦〉同年，稍其後所作，屈原廟建在湖北省秭歸縣，三蘇出蜀時曾在此停留。

旨趣	從屈原之死來探索生命意義與人生之路。
韻腳	1. 平聲東、陽通韻：宮、鄉 2. 平聲先、真、寒通韻：遷、墳、難、湍 3. 侵韻：心、吟 4. 魚韻：居、疏 5. 庚韻：行、生 6. 去聲遇、宥，上聲虞通韻：訴、救、浦 7. 平聲灰，上聲賄通韻：嵬、哀、在、臺 8. 平聲元、先通韻：存、圓
修辭	排比→吳豈不能高舉而遠遊兮，又豈不能退默而身居？
結構	首段→描寫舟經楚地屈原遺址，憶起屈原不遇而含冤投江。 次段→以問答形式，屈原之語氣敘述楚末奸佞當道，國君蒙昧，故以一死期望眾人能清醒。 三段→回到現實情境，寫景懷古。 四段→以問答形式寫出屈原之反問。 末段→寫理表達蘇軾自我之意見。

　　蘇軾以屈原為寫作物件的作品，有〈屈原塔詩〉一首和〈屈原廟賦〉一篇。據清王文誥的《蘇文忠公詩編注集成·總案》，這兩篇作品是宋仁宗嘉祐四年，蘇軾服母喪期滿後，再度赴京途中所寫的，二作雖然是作者年輕時的作品，已經可以見到他對屈原有深刻的認識，〈屈原塔詩〉和〈屈原廟賦〉都是以屈原的「死」作為主題，分別從不同的角度下筆。

三、〈昆陽城賦〉

　　嘉祐五年正月，蘇軾舉家自荊州陸行赴京授河南福昌縣主簿，途經河南昆陽城，憑弔古城之餘有感而發所作。

旨趣	藉由東漢劉秀孤軍奮戰的驚心動魄場面，勾勒出敗軍中的嚴生，嘆息士才所用不當。
韻腳	去聲泰、隊、卦，上聲蟹、賄通韻： 藹、塊、在、改、菜、快、海、潰、再、悔、艾、械、佩、敗、賴、怪、浼、待、慨
修辭	1. 譬喻→想尋、邑之來陣，兀若驅雲而擁海。 2. 排比→方其乞降而未獲，故以變色而驚悔。
結構	首段→以廣闊之寫景入手，憑弔古戰場之寬廣。 次段→筆調一轉進入歷史上劉秀與新莽之戰，劉秀之氣勢如虹，戰爭之慘烈，令人震慴。 末段→抒發己見，點出主旨，投射在所用不當之嚴生（嚴尤）。

　　昆陽城是一座古城，許多歷史名人履及於此，李白、蘇洵、蘇軾、蘇轍、歐陽修、范仲淹、於謙等名人都曾寫下與此地相關的詩

作。新莽末年，劉秀以昆陽守軍鉗制強敵，再以精幹數千援軍搗敵
要害，大破王邑主力。昆陽大捷後，更始帝遣王匡攻洛陽，申屠建、
李松急攻武關，三輔震動，各地豪強紛紛誅殺新莽牧守，用漢年號，
服從更始政令。昆陽之戰成為中國古代戰爭史上以少勝多的戰事
之一。

　　全文一開始先以景入鏡，寫出古戰場的遼闊，也因為地域廣
大，隨著歷史長河的流逝更令人產生弔古之傷，接著寫了戰爭場面
的慘烈，兵士之凶猛，互攻的激烈，多少勇健之士橫屍沙場，文末，
蘇軾筆墨一點，寫出了士人所用不當的感嘆與悲哀，希望以史為
鏡。相較於一般人對於戰爭勝負給予的評論，蘇軾又是從另一觀點
切入，立意尤新。

四、〈服胡麻賦〉

　　此賦作於熙寧四年，當時蘇軾赴陳州與弟蘇轍相聚，兄弟二人
以賦相贈。

旨趣	蘇軾與弟議論藥食之文，反映出蘇軾是個務實而不圖名之人。
韻腳	1. 平聲陽韻：長、良、僵、藏、量、嘗、方、臧、相 2. 平聲魚虞，上聲語通韻：書、符、腴、膚、居、餘、盧、劬、迂、所 3. 平聲元、先、刪通韻：坤、乾、淵、燔、天、間、傳
修辭	譬喻→(1) 狀如狗蝨，其莖方兮。 　　　　(2) 神藥如蓬，生爾盧兮。

結構	序→敘述伏苓功效，然因燥熱一道士提醒作者可食用胡麻，並指出作本賦是與弟蘇轍〈伏苓賦〉以唱達。 首段→敘述夢中一道士告知胡麻為良藥，作者服用胡麻確實可口，並指出世人捨近求遠尋找胡麻，殊不知在自己家園前面而已。

　　蘇東坡很重視服食芝麻，其弟蘇轍作了〈伏苓賦〉，他便作一篇〈胡麻賦〉來答蘇轍。

　　胡麻，古稱巨勝，又名方莖、狗虱、油麻、脂麻、芝麻。沈括《夢溪筆談》云：「胡麻即今油麻」。漢使張騫通西域，始自大宛得油麻種來，故名胡麻，以別中國大麻也。晉人葛洪云，胡麻九蒸九曝，炒香和蜜與棗為丸，服百日，除一切痼疾，「一年身面光潔不飢，二年白髮返黑，三年齒落更生，四年水火不能害，五年行及奔馬。」孫思邈也說，服胡麻「人過四十以上，久服明目洞視，腸柔如筋。」這大概就是蘇東坡寫胡麻賦的歷史背景。南北朝時已普遍播種，《齊民要術》[4]已載有收種胡麻法；胡麻可以單獨炒熟，研磨碎，加鹽，作芝麻醬；可以同麵粉、糖一起做酥糖。與飴糖同做寸（三公分）金糖。可以淘淨同米一起蒸飯。可以洗淘淨，黏附在燒餅上，入爐炕成芝麻燒餅、即胡餅；還可以炒熟研末、拌糖，作眾多甜食的餡心，如月餅餡、糖元宵餡、各種米糕甜餡；還可以水浸泡後，上磨磨成漿，做芝麻腐，作為一種美容食品，早就記入了《本草》；可補五內、益氣力、長肌肉、填髓腦，久服輕身不老、堅筋骨、明耳目、耐飢渴、延年，是長壽美容的佳品。

---

[4]　（魏）賈思勰撰，繆啟愉、繆桂龍撰（上海：上海古籍出版社，2006 年），頁 732。

蘇軾性喜養生，好論醫藥，後人將蘇軾這方面的遺稿編成《蘇沈良方》[5]，具有醫藥及養生上的研究價值。蘇軾在賦中表達出胡麻為養生佳品，而這樣的東西垂手可得，可是一般人卻捨近求遠，跑到深山去尋找，由此可見蘇軾為人之務實，不喜追求神異。

五、〈後杞菊賦並序〉

本文寫於熙寧八年的秋天，時蘇軾為密州太守，因唐朝陸龜蒙寫過一篇〈杞菊賦〉，故本文名曰「後」。

旨趣	以杞菊為引，針砭新法之嚴苛。
韻腳	上聲有、去聲宥通韻：守、走、酉、口、嘔、糗、有、肘、富、陋、瘦、九、朽、糗、壽
修辭	1. 排比→ (1) 朝衙過午，夕坐過酉。 　　　　 (2) 或糠籺而瓠肥，或粱肉而墨瘦。 　　　　 (3) 以杞為糧，以菊為糗。 　　　　 (4) 春食苗，夏食葉，秋食花實，而冬食根。 2. 譬喻→人生一世，如屈伸肘。 3. 排比→何者為富？何者為美？何者為陋？

---

[5] 《蘇沈良方》，又名《蘇沈內翰良方》，原書十卷，是北宋末年（一說為南宋）佚名編者根據沈括的《良方》（又名《得效方》、《沈氏良方》、《沈存中良方》）十卷與蘇軾的《蘇學士方》（又名《醫藥雜說》）整理編撰而成的醫學書籍。現流行本為十卷。本書近似醫學隨筆的體裁，廣泛論述醫學各方面問題，卷一為脈說、臟腑、本草及灸法；卷二～五介紹內科雜病及治療方藥；卷六為養生及煉丹；卷七～十論述五官科、外科、兒科、婦科疾病及治療方藥。

結構	序→點出寫作動機，唐代陸龜蒙曾作〈杞菊賦〉。 首段→以設問方式假想一客人揶揄蘇軾太過清高，以致只能用杞菊充飢。 末段→透過回答，表示既然吃好與差結果都有可能未盡人意，不如就以杞菊為糧。

　　枸杞與菊花都是中藥，蘇軾精於藥理，明白這兩樣都是養生的好東西。枸杞果實能滋補肝腎，明目潤肺，根入藥稱為地骨皮，善於清虛熱止煩渴；清熱明目的菊花在《神農本草經》中便被列為上品，道家也甚是重視此物，有「服之者長壽，食之者通神」之說，連蘇軾恩師歐陽修都稱讚菊花乃「卻老延齡藥」，兩者入食入藥皆是妙品，是高人隱士的摯愛。

　　但東西再好也經不起一頓頓接著吃，何況嫩苗花果的季節終歸短暫，連出名嗜食杞菊的唐人陸龜蒙都為杞菊到了五月就枝葉老硬氣味苦澀而遺憾。饒是蘇軾長於烹調也有很多時候不得不對著案頭的杞菊愁眉苦臉，舉著筷子反胃。按理這等生活夠令人苦惱了，但蘇軾還是樂觀笑臉的，欣欣然安慰自己：杞菊確實滋養人，自己不過吃了一年，面容豐滿了不少，連白頭髮都一天天返黑，如此堅持下去，定然能長壽。

　　蘇賦〈後杞菊賦並序〉埋怨官越做越窮。只得吃枸杞和菊花誑肚子。最後發出消極的議論，說豐富和貧約相去無幾，人生一世，終同一朽，對於吃什麼，又何必多所計較呢？有些人吃得壞反而長得豐滿，有的人吃得好反而又黑又瘦，既然如此，我吃盡杞菊的花實葉梗，或者會百年長壽吧？但細讀蘇賦，研究一下有關資料，就會發現它是一篇諷刺時政的作品。它清新活潑，風趣地向逼著人吃

草木的「新法」進攻。一篇好的作品能夠歷史地再現一個社會的心情，還有，就是要求作品充分展示作家獨特的靈魂或內心世界[6]。東坡所主張人的生活應當富裕無憂，齏食草木梗葉的社會，當然是一個痛苦的社會，蘇賦表現的是這個社會的兩個上層人物的不平心情，但是出之以嬉笑，這又表示了這個社會是一個無聲的社會，敢怒而不敢言。另帶一提：宋代的賦已經明顯的散文化，而本賦卻對句成篇，押韻鏗然有節奏。

六、〈酒隱賦並序〉

本賦在寫作的繫年上頗有疑義，一說蘇軾貶於黃州所作，或說東坡遊於合肥郡舒城酒隱君之酒隱堂有感而作。

旨趣	蘇軾期許自己在逆境中能夠摒除一切慾念，使內心恢復平靜。
韻腳	1. 平聲尤韻：悠、漚、丘、遊 2. 去聲寘、霽通韻：地、世、醉 3. 平聲江、陽通韻：雙、王、藏、亡、陽、殭、羊 4. 入聲藥韻：粕、樂、爵、酌 5. 平聲先韻：眠、錢、涎、然、賢
修辭	1. 對偶→ (1) 昔是浚壑，今為崇丘。 　　　　　(2) 從使秦帝，橫令楚王。 　　　　　(3) 血刃膏鼎，家夷族亡。 　　　　　(4) 反太初之至樂，烹混沌以調羹。 2. 排比→遇故人而腸腐，逢麴車而流涎。

6　曹慕樊：〈東坡後杞菊賦解——兼論蘇賦的淵源及獨創風格〉，《東坡研究論叢》第四輯（成都：四川文藝出版社，1986 年），頁 93-94。

| 結構 | 序→敘述一位高節隱者，並與之遊玩。
首段→以對句押韻成段，讀來鏗鏘有力，並引伸出本賦主旨。 |

　　悲劇意識是淨化人類情感、激起人類崇高感、促進人類發展進步的積極意識，但同時也給人類的精神帶來了負重，人們總是希望通過有效的方式來消解悲劇意識，既減輕精神負擔，又把悲劇意識的強度維持在一定範圍之內，以免因鬱積過多而自我崩塌。酒是消解悲劇意識的重要因素，它能讓人進入醉酒的審美狀態，從而達到人生的天地境界。確實，仙、夢過於虛幻，唯有酒，易得而且更具豐富的文化品格，因為只有酒是內在於人的東西，因此許多文人都用酒來消解悲劇意識。酒隱的出現是酒與隱歷史性融通的結果，蘇軾把中國人獲取解脫的心理機制發揮到極致，莊子、白居易都曾提出酒隱這個概念，姑且不論是誰最先提出的這一概念，但無可爭辯的是，酒隱到了蘇軾那裡，才真正的走向成熟，以一顆豁達隨遇而安的心，去面對眼前的困境與低潮，蘇軾的辭賦創作貫穿了他整個文學生涯，很好的展示了他的學問和人生。

七、〈快哉此風賦並序〉

　　此作可能是在湖洲時所寫，是與友人應酬之作。

旨趣	藉著風的相關典故，表達出作者心中的思維感情，是篇臨場應酬之作。
韻腳	1. 平聲東韻：風、同、雄 2. 平聲支韻：湄、維、卑、吹、差

修辭	1. 排比→ (1) 穆如其來，既優小人之德，颯然而至，豈獨大王之雄。
	(2) 寥寥南郭，怒號於萬竅，颯颯東海，鼓舞於四維。
	2. 疊字→ (1) 寥寥南郭。
	(2) 颯颯東海。
結構	序→寫出作賦緣由，乃與友人應酬之作。
	首段→借用宋玉對楚王之典故，讚賞心目中好的風。
	末段→敘述作者所鄙視的風，與前段相較，顯得好惡分明。

　　蘇軾曾作有〈黃州快哉亭記〉，〈水調歌頭・黃州快哉亭贈張偓佺〉，按：張偓佺即張夢得，〈黃州快哉亭記〉記快哉亭之興建，安撫張夢得，亦抒發隨遇而安之心，〈水調歌頭・黃州快哉亭贈張偓佺〉由新建之亭及亭前景象憶及早年在揚州平山堂見到的山光水色。由此及彼，思路騰挪飛動，既言對先師的懷念，又示快哉亭前風景與平山堂前風光相似之觀感，還隱隱透露今日詞人遭厄與當年醉翁受挫，時雖異而情理卻同之微旨，然此〈快哉此風賦〉與前二文無相關，賦中明指與友人及弟蘇轍一人各作兩韻，因此蘇軾所作之兩韻乃以宋玉〈風賦〉之典故寫出自己所好惡的風，用詞精鍊而典雅，實為才高之所致。

八、〈老饕賦〉

　　蘇軾在儋州遇旱，在絕糧之餘想像嚐盡山珍佳餚，還有美女舞蹈，從賦中的描寫可以看到一位吃的藝術家。

旨趣	蘇軾貶謫儋州，時海南大旱，在絕食之憂的同時，便與其子蘇過學龜息法。
韻腳	豪韻獨用：刀、熬、勞、鑿、螯、糟、饕、桃、璈、袍、葡、髦、槽、繰、膏、艘、醪、逃、毫、高
修辭	1. 排比→ (1) 庖丁鼓刀，易牙烹熬。 (2) 水欲新而釜欲潔，火惡陳而薪惡勞。 (3) 九蒸暴而日燥，百上下而湯鑿。 (4) 嚼霜前之兩螯，爛櫻桃之煎蜜，瀹杏酪之蒸羔。 (5) 蛤半熟而含酒，蟹微生而帶糟。 (6) 彈湘妃之玉瑟，鼓帝子之雲璈。 (7) 命先人之萼綠華，舞古曲之郁輪袍。 (8) 引南海之玻璃，酌涼州之葡萄。 (9) 候紅潮余玉顏，驚暖響於檀槽。 (10) 憫手倦而少休，疑吻燥而當膏。 (11) 倒一缸之雪乳，列百柂之瓊艘。 (12) 各眼豔於秋水，咸骨醉於春醪。 (13) 響松風於蟹眼，浮雪花於兔毫。 2. 譬喻→顏如桃李。 3. 舉例→ (1) 庖丁鼓刀。 (2) 易牙烹熬。
結構	首段→想像山珍海味陳列桌前，讓作者這位美食主義者享盡情用。 次段→除了佳餚，還有美女演奏音樂與跳舞，使作者沈醉在美食佳人中。 末段→想像消失，重回現實之龜息法，超脫而輕鬆。

　　蘇軾是古代少有的通才全才，又是個熱愛生活和倡導生活藝術化的人，在飲食生活上也是如此[7]。首先，蘇軾不忌諱談吃談喝，

[7] 劉文剛：〈蘇軾的養生〉，《宗教學研究》（2002 年第 3 期），頁 57。

而且把吃喝作為一個「熱門話題」，大談特談，他還以「饕餮」自居，賦中公開宣稱「蓋聚物之夭美，以養吾之老饕」。在此以前士大夫很少有如此放肆無忌者，自蘇軾以後，「老饕」這個詞便成為追逐飲食、又不失其雅之人的代稱，《漢語大詞典》所列「饕餮」的義項有七：（1）傳說中的一種貪殘的怪物，古代鐘鼎彝器上多刻其頭部形狀以為裝飾（2）比喻貪得無厭者，貪殘者（3）特指貪食者（4）比喻貪婪、貪殘（5）貪婪地吞食（6）相傳為堯、舜時的四凶之一（7）複姓之一。蘇軾此賦一般被認為是研究飲食之道，老饕在此作貪吃之意，是一般的貪吃，而非一般大呼小叫、狼吞虎嚥的吃相。

宦海生涯和淵博的文化修養，使蘇東坡嘗遍了南北的名饌佳餚，且邊吃邊留心觀察和實踐了各地的烹調方法，寫出了如〈鯿魚〉、〈食〉〈食雉〉、〈煮魚法〉、〈豬頭頌〉等許多有關飲食的詩篇，為後人留下了一批反映北宋年間從貴族到平民的飲食風俗資料，他一生中留下了大量關於飲食的文字，充分表現了他對飲食文化的喜愛。

最讓後世文人難以企及的是東坡不僅親自下廚製作，還創制出了許多名饌。賦中表達的是蘇軾一次行「龜息法」的內心感受，龜息法大約出自道家的辟穀術，是一種摒除穀食，導引輕身的方法，若不論其科學根據，龜息之術對一個處於飢餓邊緣的人而言無疑是雪上加霜，然蘇軾仍不改其幽默之個性，在飢餓中寫出了心中的幻想，除了嚐遍山珍海味外還要有最美的歌舞，在畫餅充飢中看出他精神滿足的自得之樂。

九、〈洞庭春色賦並序〉

　　元祐六年，蘇軾自請出知潁州，同時亦寫過〈洞庭春色並引〉一詩：「安定郡王以黃柑釀酒，謂之洞庭春色，色香味三絕，以餉其猶子德麟。德麟以飲餘，為作此詩。醉後信筆，頗有逶拖風氣。二年洞庭秋，香霧長噀手。今年洞庭春，玉色疑非酒。賢王文字飲，醉筆蛟蛇走。既醉念君醒，遠餉為我壽。瓶開香浮座，盞凸光照牖。方傾安仁醽，[8]莫遣公遠嗅。[9]要當立名字，未可問升斗。應呼釣詩鈎，亦號掃愁帚。君知蒲萄惡，止是媒姆黝。須君灩海杯，澆我談天口」。本賦雖題作〈洞庭春色賦〉，實際應是〈桔酒賦〉，全篇從有關柑桔的傳奇下筆，在桔中作樂。

旨趣	作者獲得友人所贈之美酒，因此寫文答謝。
韻腳	平聲刪韻：山、間、斑、艱、寰、閒、灣、鬟、還、菅、溜、綸、鐶、慳、頑、姦、蠻、關、潺、鰥、顏、彎、刪
修辭	1. 排比→ (1) 吹洞庭之白浪，漲北渚之蒼灣。 (2) 糅以二米之禾，藉以三脊之菅。 (3) 忽雲蒸而冰解，旋珠零而涕潸。 (4) 隨屬車之鴟夷，款木門之銅鐶。 (5) 鼓包山之桂楫，扣林屋之瓊關。 (6) 臥松風之瑟縮，揭春溜之淙潺。

---

[8] 潘岳〈笙賦〉云：披黃苞以授柑，傾綠瓷以酌醽。

[9] 明皇食柑，凡千餘枚，皆缺一瓣，問進柑使者，云中途嘗有道士嗅之，蓋羅公遠也。

修辭	(7) 追范蠡於渺茫，弔夫差之悻鱭。 (8) 驚羅襪之塵飛，失舞袖之弓彎。 2. 譬喻→醉夢紛紜，始如髦蠻。 3. 用典→吾聞橘中之樂，不減商山。豈霜餘之不食，而四老人者遊戲於其間。 4. 舉例→追范蠡於渺茫，弔夫差之悻鱭，屬此觴於西子，洗亡國之愁顏。 5. 疊字→裊裊兮春風，泛天宇兮清閒。 6. 句中對→ (1) 翠勻銀罌。 　　　　　　(2) 紫絡青倫。
結構	序→寫作賦之緣由。 首段→從桔的傳奇下筆，接著描寫想像郡王採桔的浪漫過程，蘇軾獲酒後飲酒之美，並表達出心境的超脫。 末段→以俏皮口氣收尾，請郡王姪子為其修改。

　　全賦藉由獲贈美酒之起著筆，表達出切題的採桔釀酒，想像郡王採集桔子個過程，是如何的唯美浪漫，接著看見一位樂觀的老人愉快的品嚐酒餚，痛飲之後抒發自己的感受，文中呈現境外的佛家思想，探索人生的意義，突破時間、空間，反映出作者自己的生命精神。

十、〈中山松醪賦〉

　　本文作於紹聖元年，蘇軾被貶英州時所作，松醪是指用松膏釀製的酒。松脂是否可製酒在蘇軾之前無人試過，蘇軾算是首創，全文從兩個角度切入松膏製酒以抒發議論。

旨趣	本賦從釀酒及飲酒寫出對士才的摧殘與士人應有的人生態度。
韻腳	平聲豪韻：號、皋、遭、毛、蒿、膏、曹、醪、勞、熬、嘈、高、葡、羔、螯、逃、搔、遨、猱、濤、豪、操、袍、糟、騷
修辭	1. 疊字→ (1) 效區區之寸明。 　　　　 (2) 沸春聲之嘈嘈。 2. 排比→ (1) 救爾灰燼之中，免爾螢爝之勞。 　　　　 (2) 取通明於盤錯，出肪澤於烹熬。 　　　　 (3) 知甘酸之易壞，笑涼州之蒲萄。 　　　　 (4) 酌以癭藤之紋樽，薦以石蟹之霜螯。 　　　　 (5) 跨超峰之奔鹿，接掛壁之飛猱。 3. 譬喻→ 似玉池之生肥。 4. 引用→ (1) 使夫嵇、阮之倫。 　　　　 (2) 與八仙之群豪。
結構	正文→從松脂不當使用寫出愛才及超然之思。

　　松脂所釀的酒據蘇軾言味有小苦，但格外醉人，這種醉，由蘇軾之文來看，並不是真正的酒醉，而是精神上的陶醉。文中製酒的部分借用用才不當表達出對松脂的同情，亦是抗議了在當時黨爭中受摧殘的士人，文章後半，則是將飲酒視為超脫憂患的不二法門，在蘇軾眼中，傲世的狂人，避世的酒仙，都比不上他自己的處世態度，蘇軾自己不避世亦不傲世，這樣的人生境界才能真正有佳作問世。

　　上篇〈洞庭春色賦〉與本賦均有書法作品傳世，此兩賦並後記，為白麻紙七紙接裝，紙精墨佳，氣色如新，縱 28.3 釐米，橫 306.3 釐米，前者行書三十二行，二百八十七字；後者行書三十五行，三百十二字；又有自題十行，八十五字，前後總計六百八十

四字，為所見其傳世墨蹟中字數最多者，此二賦筆意雄勁，姿態閒雅，瀟灑飄逸，而結字極緊，集中反映了蘇軾書法「結體短肥」的特點[10]。

十一、〈酒子賦並序〉

紹聖元年，蘇軾貶謫至惠州，第一次嚐到南方的特產「酒子」，酒子是指米酒還沒有完全發酵時取出來，酒精成分不高，有點微酸的淡色啤酒。

旨趣	藉由詼諧妙喻寫出與友人喝酒過程之樂。
韻腳	1. 上聲虞韻：母、父、乳 2. 上聲有韻：口、朽、友 3. 平聲灰、齊通韻：孩、笄、琶、淒、盃、畦、齊、開、瑰、妻、雷

修辭	1. 排比→ (1) 米為母，曲其父。
	        (2) 蒸羔豚，出髓乳。
	        (3) 餉滑甘，輔衰朽。
	        (4) 先生醉，二子舞。
	        (5) 暾朝霞於霜穀兮，濛夜稻於露畦。
	2. 譬喻→ (1) 吾觀稚酒之初泫兮，若嬰兒之未孩。
	        (2) 及其溢流而走空兮，又若時女之方笄。
	        (3) 割玉脾於蜂室兮，黏雛鵝之琶瑟。
	        (4) 自我皤腹之瓜罍兮，入我凹中之荷杯。

---

[10] 陳曉春：〈蘇軾書法美學思想述略〉，《四川大學學報》（2005 年第 2 期），頁 126。

結構	序→寫出作賦之緣由。 正文→從二友人邀約作者飲酒，寫出喝酒過程之美好，友人共 　　　聚之歡樂，凸顯作者樂天的形象。

　　《東坡志林》：「吾少時望見酒盞而醉，今亦能三蕉葉矣」，在〈酒子賦〉中，他又說：「吾飲少而輒醉兮，與百榼其均齊」，即我雖然飲一點酒就醉，但這醉酒的樂趣卻與那些能豪飲百杯的人一樣。蘇東坡貶謫海南時，窮困潦倒，潮州士子王介石和許玨，特地遠涉三千里，渡海前去探望他，還帶去了家鄉的「酒子」讓他喝，祈望他能在醉鄉中暫時忘卻煩惱。蘇東坡很感激他們的這份情義，因而寫下〈酒子賦〉。王介石的身份待考，這許玨卻大大有名，他娶了宋太宗皇帝的曾孫女德安公主，因而被稱為許駙馬，其府宅迄今猶存，即潮州府城內葡萄巷的許駙馬府，為嶺南僅存的宋代府第建築，蘇東坡說他是「泉人」，是因為他是「潮州前八賢」之一許申的曾孫，當時許氏一族剛從福建移居潮州不久，故以泉人自稱。

　　蘇軾所記的「南方釀酒法」，至今仍在潮汕民間流行，其法是將糯米煮熟，拌以酵母封放，讓其發酵酒化，成為酒醅。這過程往往需要若干天，溫度高則時間縮短，因而釀酒的器具常被安放在眠床的角落，再蓋上棉被保溫，釀酒的季節多在冬天，晚上睡覺，酒甕會透發出陣陣溫熱和酒香，舒坦美妙，當酒還未完全成熟時，要將部分酒液取出來，這些酒液就叫「酒子」，等到酒醅都熟透，再將酒子加進去，成為帶糟的酒醅，「醅」，就是沒有過濾的酒，釀造中途先取出酒子，是為了控制發酵的程度，使酒中保留一定的糖分

和其他營養成分，熟後重加回酒子，是為了將酒連糟都一起吃，而這樣做的目的無他，為了保健養生。

蘇東坡不但是美酒鑒賞家，他還自己造酒，他撰寫過〈酒經〉、〈濁醪有妙理賦〉、〈酒子賦〉、〈洞庭春色賦〉、〈中山松醪賦〉等與酒有關的作品，他還自己釀造「蜜柑酒」和以蜂蜜為原料的「蜜酒」，並作了〈蜜酒歌〉以致於「蜜酒」廣為人知。

十二、〈菜羹賦〉

紹聖五年，蘇軾在貶謫地儋州城南買地築屋，當地百姓時常送生活用品、食物給他，經過多年宦海沈浮，晚年的蘇軾已經能夠以一個作「葛天氏之遺民」來自我安慰。

旨趣	從貶謫儋州物質的貧瘠顯現出蘇軾豁達的人生觀。
韻腳	平聲真、文、元、寒通韻： 因、陳、分、根、津、匀、勤、辛、均、分、飧、珍、勳、嗔、人、胖、貧、仁、民
修辭	1. 譬喻→適湯濛如松風，投糝豆而諧匀。 2. 排比→ (1) 覆陶甌之穹崇，謝攪觸之煩勤。 　　　　　(2) 醯醬之厚味，卻椒桂之芳辛。 　　　　　(3) 水初耗而釜泣，火增壯而力均。 　　　　　(4) 湧嘈雜而麋潰，信淨美而甘分。 　　　　　(5) 登盤盂而薦之，具匕箸而晨飧。 　　　　　(6) 沮彭屍之爽惑，調灶鬼之嫌嗔。 3. 用典→ (1) 鄙易牙之效技。

修辭	(2) 超傅說而策勳。 (3) 沮彭屍之爽惑。 (4) 調灶鬼之嫌嗔。 (5) 嗟丘嫂其自隘。 (6) 陋樂羊而匪人。
結構	序→點出作賦之緣由。 正文→藉儋州簡困之生活，抒發自己人生的際遇。

　　蘇軾一生仕途坎坷，屢遭貶謫，家境貧寒，生活艱苦，有時出現飲食不給的情況。但他心胸曠達，超然物外，用老莊「齊生死」、「一物我」的思想，力圖擺脫政治失意造成的精神苦悶和物質匱乏帶來的內心困擾。賦中即描寫出煮蔓菁、食苦薺時的達觀態度，從蘇東坡的〈菜羹賦〉中可以看出，兩宋時期，菜羹仍是平常人家的主要菜食。羹分葷素兩種，有錢人家用肉作羹，而蘇東坡當時經濟拮据，就用菜作羹，所用的原料，是大頭菜、蘿蔔、薺菜，加上豆粉。由於蘇東坡十分強調烹調技術，對水、火、油都十分講究，尤其是掌握火候，怎樣才能煮爛，何時加豆粉為宜等，都很有經驗。所以他將最普通的素菜加豆粉，能製作出最美味的菜羹，這種羹，後人叫做「東坡羹」，名士文豪為菜羹揚名，成為一道名菜。

　　附帶一提：在中國飲食文化中，文人名士的影響很大。「東坡羹」、「東坡肉」都以東坡命名，證明了蘇軾在飲食文化中的崇高地位，以蘇東坡為代表的北宋人士大夫對扭轉中國古代飲食（特別是作羹）偏肉食的習慣起了很大作用，這主要歸功於北宋因印刷術的推廣而帶來的文明進度，加之北宋時內丹功盛行，道家清靜無為的哲理更深入士大夫，所以在飲食上講求以蔬菜為主，先秦時代的牛

羹、羊羹、豕羹、犬羹、兔羹、雉羹、鱉羹、魚羹等,全是葷的,
窮人吃不起,蘇軾以蔬菜作羹,並在社會廣為流行「東坡羹」,其
原因一是「東坡羹」的營養價值;二是東坡名滿天下的名聲,由於
「名人效應」,「東坡羹」一直流傳至今。

十三、〈沉香山子賦〉

　　蘇軾貶謫海南時,贈蘇轍沉香山子作為壽禮,子由作〈和沉香
山子賦〉一文可參照。沉香樹是海南的特產,《辭海》說沉香亦稱
「伽南香」、「奇南香」,常綠喬木,葉革質,卵形,有光澤,春季
開花,花白色,產於印度、泰國、越南、中國海南等地,沉香是珍
貴的香料與藥材,海南沉香,從宋朝開始,就成為朝廷的貢品,後
又成為商品。

旨趣	藉沉香之香氣,頌揚弟弟蘇轍之品格並為其祝壽。
韻腳	平聲文韻:芬、焚、薰、文、葷、分、君、聞、云、群、筋、斤、蚊、欣、雲、懃、耘、袀、氳、芹
修辭	1. 排比→ (1) 古者以芸為香,以蘭為芬,以鬱鬯為裸,以脂蕭為焚,以椒為塗,以蕙為薰。 (2) 杜衡帶屈,菖蒲薦文。 (3) 既金堅而玉潤,亦鶴骨而龍筋。 (4) 無一往之發烈,有無窮之氳氳。 2. 譬喻→宛彼小山,巉然可欣。如太華之倚天,象小孤之插雲。
結構	正文→藉古代珍奇香料的薰人,指引出沉香的香的確與眾不同,用這份海南常見之物,祝福弟弟子由之壽。

讚譽沉香的美文，當首推宋代蘇軾的〈沉香山子賦〉，這是他為其弟蘇轍的生日而寫，內容是以沉香的品質，寄寓於蘇轍文辭質美，使讀者如聞其香。瑞香科白木香樹是我國特有珍貴的藥用植物，歷史上主要分佈在海南島和兩廣地區，白木香樹可產白木香，又叫土沉香，是一種高級香料，又是一種名貴中藥材，據古籍記載，宋、明、清代，源源不斷的海南沉香通過各種途徑運往內地，當時的海南島可謂香島。沉香形成原因是由於本種樹幹損傷後，被真菌侵入寄生，在菌體內酶的作用下，使木薄壁細胞貯存的澱粉，產生一系列變化，形成香脂，最後經多年沉積而得，沉香之所以得名一個「沉」字，據說是因為入水即沒的緣故，就如蘇東坡說的「獨沉水為近正」。

十四、〈天慶觀乳泉賦〉

蘇軾貶謫海南時期時的作品充分反映出他的日常生活，賦中他結合了儒家和道家的思想意識到水分對養生的重要作用。

旨趣	敘述蘇軾眼中的水，由現代眼中觀之，古代對自然現象的解釋受限科學條件。
韻腳	1. 上聲紙，去聲寘末通韻：水、橰、始、氣、死、理 2. 入聲屑、曷通韻：說、血、沫 3. 入聲物、質、陌、葉通韻：物、一、液、頰 4. 入聲覺、藥通韻：濁、藥 5. 入聲屑、月、葉通韻：雪、竭、涉、浹 6. 平聲東韻：宮、中、窮、東、同 7. 平聲微韻：歸、肥、譏、非、依、幾

修辭	1. 譬喻→ (1) 意水之在人寰也，如山川之蓄雲，草木之含滋 (2) 故海洲之泉必甘，而海雲之雨不鹹者，如涇渭之不相亂，河濟之不相涉也。 2. 排比→ (1) 山川之蓄雲，草木之含滋。 (2) 凡水之在人者，為汗、為涕、為洟、為血、為溲、為矢、為涎、為沫。 (3) 下湧於舌底，而上流於牙頰。 (4) 甘而不壞，白而不濁。 (5) 下則為江湖井泉，上則為雨露霜雪。 (6) 故海洲之泉必甘，而海雲之雨不鹹。 (7) 涇渭之不相亂，河濟之不相涉也。 (8) 能殺而不能生，能槁而不能浹也。 (9) 卻五味以謝六塵，悟一真而失百非。 3. 引用→渺松喬之安在，猶想像於庶幾。
結構	首段→指出天地之間唯水生生不息。 次段→提出自己研究水的心得。 三段→寫出蘇軾眼中水的成分。 四段→天地間的水是周而復始循環的。 末段→海南居處的水味甘清美。

　　蘇軾現存詠泉水詩文尤多，〈天慶觀乳泉賦〉、〈廉泉〉、〈參廖泉銘〉、〈瓊州惠通泉記〉、〈書卓錫泉〉、〈安平泉〉、〈虎跑泉〉、〈書贈遊浙僧〉等篇，均係親至泉邊、品嘗水性之作，其中參廖泉、惠通泉的名字還是蘇軾所起。他在〈書卓錫泉〉中曾詳述自己遍遊天下名泉、品水試茶的經驗：「予頃自汴入淮，泛江溯峽歸蜀。飲江淮水蓋彌年，既至，覺井水腥澀，百餘日，然後安之。以此知江水之甘於井也審矣。今來嶺外，自揚子始飲江水，及至南康，江益清駃，水益甘，則又知南江賢於北江也。近度嶺入清遠峽，水色如碧玉，味益勝。今游羅浮，酌泰禪師錫杖泉，則清遠峽又在其下也。」可見其足跡遍及蜀中、汴洛、江淮、嶺南等地。本賦更是記述他謫

居海南時，曾於月夜獨自上山汲泉咽飲的情景，敘寫作者獨坐此清幽之山間，啜飲此清冽之泉水，真是神清氣爽，思出塵表。

蘇軾重視養生實為著名，他寫過眾多膾炙人口的詩歌和辭賦中，有不少是論述自己養生保健經驗，如〈問養生〉、〈續養生論〉和《東坡志林》、《仇池筆記》等，蘇軾給討教養生保健密方的朋友張鶚寫過四句話：「一曰無事以當貴，二曰早寢以當富，三曰安步以當車，四曰晚食以當肉。」（〈養生四味藥〉）蘇東坡的這四句話，實際上可歸納為「情志、睡眠、運動、飲食」的養生要方[11]，無事以當貴是指人不要把功名利祿、榮辱得失考慮得太多，如果能在情志上任性逍遙，隨遇而安，無事以求，這比大貴更能使人終其天年；早寢以當富是指對於老年人來說，養成良好的起居習慣，尤其是早睡早起，比獲得任何財富都更加富有；安步以當車是指人不要過於講求安逸，而應多以步行來替代騎馬乘車，多運動才可以強健肢體，通暢氣血；晚食以當肉是指人應該用已饑方食，未飽先止來代替對美味佳餚的貪吃無厭。

第二節　律賦

蘇軾律賦篇章計有〈明君可以為忠言賦〉、〈通其變使民不倦賦〉、〈三法求民情賦〉、〈六事廉為本賦〉、〈復改科賦〉、〈延和殿奏新樂賦〉、〈濁醪有妙理賦〉。

---

[11] 彭華：〈蘇東坡的養生之道〉，《華夏文化》（1996 年第 4 期），頁 35。

一、〈明君可以為忠言賦〉

　　蘇軾作此賦時時年五十二歲，在京任翰林學士，時而提點君主當有雅量之心。

旨趣	賦中有教誨之語氣，由此可知蘇軾與君主之間親密的關係，是一篇諷諭君主之文。
韻腳	1. 平聲庚韻：明、誠、衡 2. 入聲職韻：則、國、惑、測 3. 平聲支韻：詞、知、之、疑 4. 上聲阮韻：遠、損、本、反 5. 平聲蒸韻：興、憎、能、朋 6. 上聲有韻：受、厚、走、口 7. 平聲東韻：忠、功、公 8. 去聲號，上聲浩通韻：報、道、告
修辭	1. 排比→ (1) 虛己以求，覽群心於止水，昌言而告恃至信於平衡。 (2) 佞者莫能自直，昧者有所不知。 (3) 上之人聞危言而不忌，下之士推赤心而無損。 (4) 仲尼不諫，懼將困於婦言;叔孫詭辭，為不免於虎口。 2. 譬喻→ 皎如日月之照臨。 3. 舉例→ (1) 是以伊尹醜有夏而歸亳。 (2) 百里愚於虞而智秦。 (3) 仲尼不諫，懼將困於婦言。 (4) 叔孫詭辭，為不免於虎口。 (5) 有漢宣之賢，充國得盡破羌之計。

修辭	有魏明之察，許允獲伸選吏之功。 4. 引用→《詩》不云乎：哲人順德之行，可以受話言之告。
結構	首段→從臣子的角度著筆，認為在上位者若能虛納雅言，則為臣者知無不言。 末段→由君主的角度出發，若君主昏昧，則小人包庇智士出走，並舉史例以證君納雅言之功效。

　　翰林學士承旨之官職最早出現於唐憲宗永貞元年，在宋代並不常置，職能是代皇帝起草詔命、參與機要，猶如天子家臣，顯位寵，多備位宰執，在宋代專制君權加強的過程中，翰林學士承旨憑藉其特殊的地位，推波助瀾不少。因為特殊的身份，蘇軾在擔任此官職時寫了一些諫君之文章，本賦是其中一篇，賦中明指君臣之本分，雖然都是一些儒生們的老生常談，然字裡行間絕無諂媚之音，反而充盈一種凜然之氣。

二、〈通其變使民不倦賦〉

　　元祐更化年間，司馬光等舊派人物一致上書反對王安石新法，蘇軾趁此時上書以附和。

旨趣	奉勸君主懂得變化可使百姓不厭倦。
韻腳	1. 平聲東韻：窮、通、風 2. 入聲物韻：屈、物、鬱 3. 平聲支韻：羲、疲、宜、之、遺、為 4. 去聲霰韻：見、變、抃

韻腳	5. 平聲真韻：神、新、循、民 6. 上聲腫，去聲宋通韻：踵、用、綜、共 7. 平聲虞韻：儒、無、區、居 8. 去聲散韻：便、擅、倦
修辭	1. 排比→ (1) 器當極弊之時，因而改作，眾得日新之用，樂以移風。 (2) 下迄堯舜，上從軒羲。 (3) 作网罟以絕禽獸之害，服牛馬以紓手足之疲。 (4) 田焉而盡百穀之利，市焉而交四方之宜。 (5) 至貴也而衣裳之有法，至賤也而杵臼之不遺。 (6) 居穴告勞，易以屋盧之美，結繩既厭，改從書契之為。 (7) 如地也草木之有盛衰，如天也日星之有晦見。 (8) 昏利也孰識其所以為利，皆變也孰識其所以制變。 (9) 觀《易》之《卦》，則聖人之時可以見，觀《卦》之《象》，則君子之動可以循。 (10) 用以屋瓦，則無茅次之敝漏，以騎戰，則無車徒之錯綜。 (11) 更皮弁以圖法，周世所宜，易古篆以隸書，秦民咸共。 (12) 制器者皆出於先聖，泥古者蓋生於俗儒。 2. 舉例→ (1) 王莽之復井田。 (2) 房琯之用車戰。
結構	首段→以物之理，說明「變」可達到更好的效果。 次段→認為自古以來存在之弊端，就是要以革新來改變。 三段→以《易經》之理說明應該因時制宜。 末段→舉史例以達到變化更便民的訴求。

　　《易》曰：「通其變，使民不倦」，全文在說明施行政令應該適用於民，但是文章中蘇軾提出兩點更值得注意的：首先是不拘泥古

法，泥古不變反而更容易壞事，通常這種人都是俗鄙陋儒，然而變革最重要的是不要擾民，只要與民有利，即使是新法也無所不可，由此可知，蘇軾之改革屬於理想派，只是在那個時代並不容易實現。

三、〈三法求民情賦〉

神宗去世，年幼的哲宗繼立，高太后執政，蘇軾從一個被半監管的貶官一下轉換變為太后近臣，太子老師，此期蘇軾留傳下來的六篇賦作均為律賦，均是寫給年幼的皇帝所看。蘇軾採取了「文藝為政治服務」的方式，以多種文體形式向皇帝進諫，同時也說明此時的蘇軾對自己在朝廷中所能做的事情已經全部寄託在皇帝身上，他意識到自身能力的渺小，只有皇帝才是決定天下蒼生命運的最終力量。

旨趣	蘇軾列舉史例，力勸上位者要以仁愛之心，體恤人民，杜絕冤獄。
韻腳	1. 平聲東韻：公、通、中 2. 去聲翰韻：犴、亂、斷、歎 3. 平聲真韻：人、倫、仲、仁、真、民 4. 入聲職韻：直、得、職、惑 5. 平聲陽韻：良、詳、臧、傷、章、綱、王 6. 去聲宋韻：共、縱、用、訟 7. 平聲覃韻：參、堪、三、慚 8. 入聲洽韻：法、押、洽

修辭	1. 排比→	(1) 用三法而下究，求與情而上通。
		(2) 司刺所專，精測淺深之量。人心易曉，斷依獄訟之中。
		(3) 殘而肌膚不足使之畏，酷而憲令不足制其亂。
		(4) 先王致忠義以核其實，悉聰明以神其斷。
		(5) 或過失而冒罪，或遺忘而無倫，或頑而不識，或冤而未伸。
		(6) 一踏禁网，利口不能肆其變，一定刑辟，士師不得私其仁。
		(7) 雖入鉤金，未可謂之堅，雖入束矢，孰可然其直。
		(8) 召伯之明，猶恐不能以意察，皋陶之賢，猶恐不能以情得。
		(9) 環土之內，聽有獄正之良，棘木之下，議有九卿之詳。
		(10) 五辭以原其誠偽，五聲以觀其否臧。
		(11) 三寬然後制邦辟，三舍然後施刑章。
		(12) 議獄緩死，以《中孚》之意，明罰敕法，以《噬嗑》之用。
	2. 引用→	(1) 以《中孚》之意。
		(2) 以《噬嗑》之用。
		(3) 而《王制》有言。
結構	首段→強調「三法」對人民之重要性。 次段→蘇軾認為統治者要體認瞭解民情，寬赦老、幼、痴之人，至為可貴。 末段→刑罰和恩德並用，社會就能處於和諧的狀態，生殺得當，社會天地就有德在。	

　　蘇軾為民鳴不平的思想非常可貴，他要在上位者要作到幾點：秉公無私，瞭解下情，廢除酷刑，量刑公平，寬赦老幼，體現中國士人正直的高尚情操。

四、〈六事廉為本賦〉

　　此賦大約寫於元祐初年，當時蘇軾為中書舍人兼翰林學士，《資治通鑑》謂六事曰：端本、正志、知難、加意、守法、畏天，賦題意為廉潔奉公是六事之根本。

旨趣	要成為一個好的官員應該作到六件事情。
韻腳	1. 平聲先韻：焉、全、先 2. 去聲敬韻：聖、行、政 3. 平聲支韻：宜、隨、疑、之、基 4. 去聲未韻：曁、緯、貴 5. 平聲鹽、先通韻：廉、厭、憸 6. 上聲馬韻：者、捨、也 7. 平聲魚韻：餘、初、如、書 8. 上聲紙韻：美、理、此
修辭	1. 排比→ (1) 人各有能，我官其任。人各有德，我目其行。 (2) 分為六事，悉本廉而作程；用啓庶官，俾厲節而為政。 (3) 善者善立事，能者能制宜。 (4) 或靖恭而不懈，或正直而不隨。 (5) 所謂事者，各一人之攸能；所謂賢者，通衆賢之咸曁。 (6) 擬之網罟，先綱而後目；況之布帛，先經而後緯。 (7) 功廢於貪，行成於廉。 (8) 善與能者為汙而為濫，恭且正者為詖而為憸。 (9) 法焉不能守節，辨焉不能明賢。

修辭	(10) 先責其立操，然後褒其善理。 2. 引用→(1) 於塚宰處八法之末 (2) 譬夫五事冠於周家，聞之詩雅 (3) 九疇統之皇極，載自箕書。
結構	首段→官吏需以六事使其砥礪節操，努力工作，然而六件大事 　　　從根本上是歸於一個的。 次段→為官所有的美德均源自「廉」之德行。 末段→結論出一切政績皆無益處，只有清廉的名聲是最值得珍 　　　惜的。

　　蘇軾將御史胡宗愈指出官吏該作到的六件事，縮小範圍到「廉」
即可，在所有的美德中，廉是根本，這一點作到，美德就全面具備。
「廉」與「貪」是檢驗一個官吏表現的標準，其實這間接了反應蘇
軾的人生態度，蘇軾一生為官，顛簸沈浮，原因就在於他不肯同流
合污的個性，即使在及困頓中，仍然堅持自己，因此貴廉與超然的
思想互為表裡。

五、〈延和殿奏新樂賦〉

　　北宋仁宗一上位就正雅樂，修整宮廷樂器，力求符合周制，然
而由於上古三代律制失傳，又缺乏精通鐘律之學的專家，雖然屢
經變異，但後世沿用者很少。宋哲宗元祐三年，侍郎范鎮再加改
革，時蘇軾為京師以翰林知制誥兼侍讀身份同觀新樂，本賦為當
時所作。

旨趣	本賦是頌揚君主正雅樂之作。
韻腳	1. 平聲庚韻：成、聲、平 2. 入聲職韻：職、息、則、德、力、得 3. 平聲支韻：時、之、宜、斯、釐、師 4. 上聲皓韻：老、討、好、考 5. 平聲灰韻：陪、回、來 6. 去聲宥韻：壽、奏、搆 7. 平聲真韻：新、倫、鄰、臣 8. 入聲覺、藥通韻：濁、博、樂
修辭	1. 排比→ (1) 禦延和之高拱，奏元祐之新聲。 　　　　(2) 翕然便坐之前，初觀擊拊；允也德音之作，皆效和平。 　　　　(3) 鄭衛之聲既盛，雅頌之音殆息。 　　　　(4) 於魏則大樂令夔，在漢則河間王德。 　　　　(5) 是用稽《周官》之舊法而均其分寸，驗太府之見尺而審其毫釐。 　　　　(6) 鏗然鍾磬之調適，燦然虡業之華好。 　　　　(7) 天聽聰明而下就，時風和協以徐回。 　　　　(8) 歌工既登，將歎貫珠之美；韶音可合，庶觀儀鳳之來。 　　　　(9) 上以導和氣於宮掖，下以胥悅豫於臣鄰。 　　　　(10) 趙鐸固中於宮商，周尺仍分於清濁。 2. 引用→ 是用稽《周官》之舊法。
結構	首段→歌頌當朝君主，力讚盛世之興，禮樂正應興隆。 次段→評論前人在正樂之過失。 三段→讚美君主之英名，重定雅樂。 末段→雅樂能夠匡正人心。

　　從本賦可知封建社會在上位者極注重雅樂之宣傳教化功能，雅樂是推行政治重要的工具之一，然而從反面觀之，則是切割了音樂

審美功能的情感，使其成沒有生命力的無生物，因此，歷朝君主雖有重訂正樂之心，然而隨著君主易代，這種工具式的的音樂都隨著改朝換代而夭折，身為當時皇上親近的蘇軾，寫出這樣的文章，應是出於立場使然。

六、〈復改科賦〉

熙寧年間，王安石變法的重要內容之一，是廢除以往由詩賦取士的作法，改試以律令，設立新科「明法科」，元祐更化時期，新黨得勢，司馬光上任後全盤否定新法，恢復科舉舊制，在元祐四年間罷明法科，重新以經義、詩賦兩科取士，蘇軾在京師寫此賦讚頌。

旨趣	本賦是寫關於恢復被改了的考試制度。
韻腳	1. 平聲先韻：乾、先、賢、然 2. 去聲霽韻：世、裔、制、替、弊 3. 平聲虞韻：儒、夫、銖、珠、乎、都 4. 上聲紙韻：旨、始、毀、美、史 5. 平聲微韻：非、歸、違、機、微 6. 入聲藥韻：作、籥、略、鶚 7. 平聲侵韻：深、金、心、林 8. 上聲紙韻：齒、止、子、起
修辭	1. 排比→ (1) 探經義之淵源，是非紛若；考辭章之聲律，去取昭然。 (2) 詩之作也，始於虞舜之朝；賦之興也，本自兩京之世。

修辭	(3) 迤邐陳、齊之代，綿邈隋、唐之裔。 (4) 遒人徇路，為察治之本；歷代用之，為取士之制。 (5) 謂專門足以造聖域，謂變古足以為大儒。 (6) 事吟哦者為童子，為雕篆者非壯夫。 (7) 采摭英華也族之如錦繡，較量輕重也等之如錙銖。 (8) 韻韻合璧，聯聯貫珠。 (9) 特令可畏之後生，心潛六義；佇見大成之君子，名振三都。 (10) 吟詠五字之章，鋪陳八韻之旨。 (11) 字應周天之日兮，運而無積；句合一歲之月兮，終而複始。 (12) 過之者成疣贅之患，不及者貽缺折之毀。 (13) 遭逢日月，忻歡者諸子百家；抖擻曆圖，快活者九經三史。 (14) 正方圓者必借於繩墨，定隱括者必在於樞機。 (15) 不用孔門，惜揚雄之未達；其逢漢帝，嘉司馬之知微。 (16) 元豐之《新經》未頒，臨川之《字說》不作。 (17) 孰不能成始成終，誰不道或詳或略。 (18) 秋闈較藝，終期李廣之雙雕；紫殿唱名，果中禰衡之一鶚。 (19) 法既久而必弊，士貽患而益深。 (20) 罷於開封，則遠方之隘者，空自韞玉；取諸太學，則不肖之富者，私於懷金。 (21) 雖負淩雲之志，未酬題柱之心。 (22) 思罷者而未免，欲改之而未止。 (23) 羽翼成商山之父，謳歌歸吾君之子。

2. 譬喻→ 采摭英華也族之如錦繡，較量輕重也等之如錙銖。

3. 引用→ (1) 秋闈較藝，終期李廣之雙雕。

　　　　 (2) 紫殿唱名，果中禰衡之一鶚。

4. 疊字→ (1) 韻韻合璧。

| 修辭 | (2) 聯聯貫珠。
5 舉例→ (1) 不用孔門，惜揚雄之未達。
        (2) 其逢漢帝，嘉司馬之知微。
6. 句中對→諫必行言必聽。 |
| 結構 | 首段→盛讚詩賦取士是好的選才制度，並指出廢除詩賦取士所
      出現的弊端。
末段→直言新法之弊病，並點出考試制度的疏漏，道出士子不
      平之心聲。 |

　　王安石改革北宋科舉制度是他在變法中的一項重要措施，他意識到如不改革現行科舉就選拔不出推行新法的人才，因此在考試內容到方式上都作出了重大的變革，以歷史角度觀之，王安石的觀念是進步正確的，反而是蘇軾此賦之見解顯得保守許多，然而並非通篇無一是處，文末蘇軾寫出站在孤寒之士的立場，大膽地揭露當時太學中的問題，利益了富戶子弟，減縮貧寒子弟的仕宦之途，並一針見血地指出當時的文風「彼文辭氾濫也，無所統紀」，一味追求辭語華豔而無所循環，真正的好文章應該是聲色之美與深刻含意並見，在當時頗有指陳時弊之指標意義。

七、〈濁醪有妙理賦〉

　　此賦標題借用杜甫〈晦日尋崔戢李封〉詩：「濁醪有妙理，庶用慰沈浮」之句，蘇軾因精神的隱逸而獲得了超越，再因超越而觀照現實，終於走向了中國傳統士大夫文化人格的頂峰。

旨趣	蘇軾藉著酒使內心保全著無為之道。
韻腳	1. 平聲真韻：醇、神、真 2. 去聲敬韻：命、正、性、並、聖 3. 平聲東韻：風、紅、空、功 4. 去聲宋韻：縱、用、重 5. 平聲虞韻：襦、餔、娛、無、腴 6. 入聲葉、洽通韻： 7. 平聲魚韻：如、於、歟、疏 8. 上聲有韻：酒、友、口
修辭	1. 排比→ (1) 渾盎盎以無聲，始從味入；杳冥冥其似道，徑得天真。 (2) 常因既醉之適，方識此心之正。 (3) 稻米無知，豈解窮理；麴糵有毒，安能發性。 (4) 得時行道，我則師齊相之飲醇；遠害全身，我則學徐公之中聖。 (5) 湛若秋露，穆如春風。 (6) 疑宿雲之解駁，漏朝日之暾紅。 (7) 初體粟之失去，旋眼花之掃空。 (8) 兀爾坐忘，浩然天縱。 (9) 如如不動而體無礙，了了常知而心不用。 (10) 坐中客滿，惟憂百榼之空；身後名輕，但覺一杯之重。 (11) 今夫明月之珠，不可以襦；夜光之璧，不可以餔。 (12) 芻豢飽我而不我覺，布帛燠我而不我娛。 (13) 在醉常醒，孰是狂人之藥；得意忘味，始知至道之腴。 (14) 結襪庭中，觀廷尉之度量；脫靴殿上，誇謫仙之敏捷。 (15) 陽醉褐地，常陋王式之褊；烏歌仰天，每譏楊惲之狹。 (16) 我欲眠而君且去，有客何嫌；人皆勸而我不聞，其誰敢接。

修辭		(17) ，獨醒者，汨羅之道也；屢舞者，高陽之徒歟？
		(18) 惡蔣濟而射木人，又何狷淺；殺王敦而取金印，亦自狂疏。
		(19) 濁者以飲吾仆，清者以酌吾友。
	2. 用典→	(1) 坐中客滿，惟憂百榼之空。
		(2) 身後名輕，但覺一杯之重。
		(3) 在醉常醒，孰是狂人之藥。
		(4) 罔間州閭。
		(5) 五鬥解酲。
		(6) 結襪庭中，觀廷尉之度量。
		(7) 脫靴殿上，誇謫仙之敏捷。
		(8) 陽醉褫地，常陋王式之褊。
		(9) 烏歌仰天，每譏楊惲之狹。
		(10) 獨醒者，汨羅之道也。
		(11) 屢舞者，高陽之徒歟？
		(12) 惡蔣濟而射木人。
		(13) 殺王敦而取金印。
	3. 化用→	人皆勸而我不聞。
	4. 疊字→	(1) 渾盎盎以無聲，始從味入；杳冥冥其似道，徑得天真。
		(2) 如如不動而體無礙，了了常知而心不用。
		(3) 古者晡語，必旅之於獨醒者。
	5. 譬喻→	湛若秋露，穆如春風。
結構		首段→蘇軾以為濁醪有妙理。
		次段→酒之妙用，在於恢復人的本心本性。
		末段→作者在酒中反映出的超然情懷。

　　酒，對蘇東坡來說，是不可缺少的人生伴侶，尤其是到了晚年，嗜酒更甚。他一生愛酒、飲酒、頌酒，尤其喜歡釀酒。在他的諸多詩詞中無不滲透著美酒珠誘惑、醺白的醇香。東坡幾乎所有的詩、詞、文、賦，皆是在其飲酒後創作而成的，酒是他的興奮劑，是開

啟心扉的鑰匙，實不為過，美酒確實點燃了蘇東坡文學創作的欲望和靈感。黃庭堅曾經說：「東坡飲酒不多即爛醉如泥，醒後『落筆如風雨，雖譴弄皆有意味，真神仙中人』」，蘇軾自己也曾道：「吾酒後，乘興作數千字，覺酒氣拂拂從十指出也。」蘇軾對釀酒的興趣並不亞於飲酒作詩，他所作的與酒有關的詩文中曾提到許多酒名，如東岩酒、天門冬酒、玉糝羹、中山松醪、真一酒、蜜酒、桂酒等，為了釀酒，他曾到處搜尋釀酒之法，並寫下多篇酒賦、酒頌以饗後人。

「真一酒」是蘇東坡所釀酒中最為得意之作，為其居海南時所釀，他給朋友們的書信中就曾介紹過此酒的釀制方法，蘇軾〈寄建安徐得之真一酒法〉：「嶺南不禁酒，近得一釀法，用白麴、糯米、清水三知釀成，玉色，絕似王附馬『碧玉香』。酒性溫和，飲之可解渴而不可醉也。」東坡為釀此酒頗為自豪，曾作〈真一酒詩〉、〈真一酒歌〉，自己曾說：「予飲酒終日，不過五合。天下之不能飲，無在予下者」，他自稱小時候一見到酒盅就有幾分醉意，他還喜歡看別人飲酒，看到別人舉杯徐酌，醉意朦朧的樣子，比自己飲酒還高興，〈東皋子傳後記〉中有寫東坡：「喜人飲酒，見客舉杯徐飲。則予胸中，為之浩浩焉，落落焉。酣適之味，乃過於客。」之句，其實蘇東坡並不羨慕酒量很大的飲者，他認為豪飲者需要喝很多酒才能醉，而他自己只需要小酌幾杯就能醉，其飄然欲仙的結果是一樣的。由此看來，蘇東坡所追求的僅僅是醉酒的感覺，而不是飲酒本身。如此，可以看出蘇東坡並非真醉，而是醉中有醒，醒中有醉，飲酒只是為達到「醉時真」、「空洞了無疑」的境界，並且在這種欲仙之境中，隨心所欲，詠詩賦詞，妙詞佳句，自然流轉，湧瀉而出。

然而，醉醒之中所言之醉語往往為一語驚人之佳作，真可謂是「醉中往往得新句，夢裡時時見異書」。

蘇軾一生思想的核心，是儒家的民本思想、仁政思想，但他主儒術而不為所迂，雜佛老而不為所溺，求實求真，正直不隨，勤於政事，肯定人生，積極樂觀，胸次廣闊。在幾十年的社會生活顛簸中，嘗盡了人生的酸甜苦辣，因而對於歷史傳統形成的醉美意識中的那種掙脫束縛，舒展個性，斥偽求真，追求精神自由，自外於惡濁現實的內容，很容易地就接受和認同，〈濁醪有妙理賦〉，就是這種認同的表示，歷史上的酒人，他們的酒醉通常是有目的的，有的視心境而取醉，有的佯醉避害，有的酒中作樂，所有種種，皆出有所為而為、有為，則有損自然之道。

東坡對於酒的特質帶給人生理心理變化從而使之成為豐厚文化的載體這個基本事實，是有直感把握，了然於心，因此，他以高尚的人格修養、精深的學術見解、豐富的創作經驗，在把握傳統醉美精神的基礎上，對「酒中趣」的含蘊，作了開拓與擴展，這種開拓與擴展可以從內外兩方面加以研究。從外在方面看，他將酒力、酒興、酒味融於某些藝術創作過程中，使之成為推動作品臻於神妙之一助；從內在方面說，他將思想、意識、人格的修養與錘煉，寄託於酒趣之中，使其忠摯思想、博大胸襟、高尚人格、無畏氣魄，舒展於酒境所啟動的心理潛能的廣闊空間中，藏追求於平衡，寓執著於曠達，從而鑄就了面對人生的獨特風貌。

第三節　散文賦

蘇軾散文賦篇章計有前後〈赤壁賦〉、〈黠鼠賦〉、〈秋陽賦〉。

一、〈前赤壁賦〉

〈前赤壁賦〉寫於元豐五年七月，這時蘇軾謫居黃州已近四年。作者無辜遇害，長期被貶，鬱憤之情，實在難免，但他又能坦然處之，以達觀的胸懷尋求精神上的解脫，不被頹唐厭世的消沉情緒所壓倒。他在這篇賦中自言愁，而又自解其愁，便反映了這種複雜的心情。

旨趣	蘇軾因烏台詩案被貶黃州，心情抑鬱之餘與朋友遊覽赤壁，蘇軾面對赤壁之戰的歷史故壘，借「客」之言，抒發了他否定曹操的弔古傷今之情，寄托了他對邊事失敗的可悲現實的批判和論斷，並從赤壁風景引發出儒釋道心境的轉折，最後在悟道中重新詮釋對逆境的看法。
韻腳	1. 平聲先、刪通韻：焉、間、天、然、仙 2. 平聲陽韻：光、方 3. 去聲遇，上聲虞、有通韻：慕、訴、縷、婦 4. 平聲微、詩通韻：稀、飛、詩 5. 平聲陽韻：陽 6. 平聲東韻：東、空、雄 7. 入聲屋、沃通韻：鹿、屬、粟 8. 平聲東韻：窮、終、風

韻腳	9. 上聲養韻：往、長
	10. 去聲震，上聲軫通韻：瞬、盡
	11. 上聲虞韻：主、取
	12. 入聲月、職、陌通韻：月、色、竭食、籍、白
修辭	1. 譬喻→ (1) 浩浩乎如馮虛御風，而不知其所止；飄飄乎如遺世獨立，羽化而登仙。
	(2) 其聲嗚嗚然，如怨如慕，如泣如訴。
	(3) 客亦知夫水與月乎，逝者如斯，而未嘗往也，盈虛者如彼，而卒莫消長也
	2. 設問→ 蘇子愀然，正襟危坐而問客曰：「何為其然也？」
	3. 對偶→ (1) 清風徐來，水波不興。
	(2) 誦〈明月〉之詩，歌〈窈窕〉之章。
	(3) 出於東山之上，徘徊於斗、牛之間。
	(4) 白露橫江，水光接天。
	(5) 浩浩乎如馮虛御風，而不知其所止，飄飄乎如遺世獨立，羽化而登仙。
結構	首段→點出時、地、人物，並以廣闊之景作切入。
	次段→以摹聲帶出作者心中的疑惑與悲傷。
	三段→與客問答，藉由客人之口說出歷史興衰，時間遞嬗，在悲傷之餘，最後藉由道家思想超脫。
	四段→由蘇軾之回答，以佛家消長之思想作為二人共同解脫。
	末段→因二人困惑已解，悲傷頓消，重新飲酒作樂直至天亮

　　作者將敘事、寫景、抒情、議論結合得這樣自然，使客觀的生活圖景和主觀的思想感情和諧地統一起來，創造出一種抒情意味極其濃烈的清新自然的藝術境界。寫景最具特色，隨著作者任意揮灑的彩筆，讀者只覺得眼前一片秋色，深深感受到無比的美，不能不為之陶醉，與此密不可分地融合在一起的是作者飄渺的思緒，通過

放懷的長吟，啟人哀思、催人淚落的洞簫聲，主客間弔古傷今的悲歡感慨和看來超脫實為虛無的對話，層出不窮地渲染出具有強烈浪漫主義色彩的意境[12]，同樣地激逗著讀者思緒的起伏，產生出巨大的藝術魅力。

　　賦分三層意思展開，一寫夜遊之樂，二寫樂極悲來，三寫因悲生悟。情感波折，層層深入，文筆跌宕變化，熔寫景、抒情、議論於一爐；景則水月流光；情則哀樂相生，理則物我相適，雜以嗚嗚簫音，悠悠古事[13]。體物寫志，妙在不離眼前景，而議論、見識又不囿於眼前景，情因景發，景以情顯，兩兩相觸，縹緲多姿，創造出美妙的神話般的境界。又借景說理、寓理於情，使得賦充滿詩情畫意，而兼具哲理[14]，作者用清新的散文筆調作賦，中間有駢詞、儷句，也用了韻，更多的是散句成分，這種賦稱為文賦。〈前赤壁賦〉除採用賦體傳統的主客問答形式外，句式長短不拘，用韻錯落有致，語言曉暢明朗，其間有歌詞，有對話，抒情、說理自由灑脫，表現力很強，這些都是對賦體寫作的一種發展。

　　此外，全篇韻散結合，偶句和散句交互疊出，錯落有致，音節自然，具有流利的節奏美，而文字的流暢，更如順流而東的滔滔長江之水，實踐了作者形乎所當行，止乎不可不止的主張。

---

[12] 馮衛仁：〈樂中管窺人生形態──關於赤壁賦中的人生哲學解讀〉，《現代語文》（2007 年第 6 期），頁 58。

[13] 謝百中：〈對前赤壁賦感情基調的重新認識〉，《江西教育學院學報》（2007年第 6 期），頁 19。

[14] 呂秋薇：〈從前赤壁賦看蘇軾散文的特色〉，《理論觀察》（2007 年第 3 期），頁 42。

二、〈後赤壁賦〉

〈後赤壁賦〉寫於元豐五年十月,以秋江夜月為景,以客為陪襯,但後赤壁賦重在游、狀景。

旨趣	蘇軾表達自己「自其變者」的觀點,以體現「曠達」之思,全文從一個「變」字逐層擴充寫出。
韻腳	1. 平聲陽韻:望、堂 2. 入聲曷、月通韻:脫、月 3. 平聲魚、虞通韻:魚、鱸、乎 4. 上聲有韻:婦、酒、久 5. 入聲陌、質、職通韻:尺、出、識 6. 平聲冬、東通韻:茸、龍、宮、從 7. 上聲董、腫通韻:動、涌、恐 8. 平聲尤韻:留、流、休 9. 平聲灰、微、齊通韻:來、衣、西 10. 平聲先、元通韻:躚、言 11. 平聲支韻:嘻、之 12. 去聲禡、上聲岢、馬通韻:夜、我、也 13. 去聲遇、禦通韻:悟、處
修辭	1. 譬喻→ 予乃攝衣而上,覆巉岩,披蒙茸,踞虎豹,登虯龍,攀棲鶻之危巢,俯馮夷之幽宮。 2. 設問→ 已而嘆曰:「有客無酒,有酒無肴,月自風清,如此良夜何?」客曰:「今者薄暮,舉網得魚,巨口細鱗,狀似松江之鱸。顧安所得酒乎?」 3. 對偶→ (1) 覆巉岩,披蒙茸,踞虎豹,登虯龍。 (2) 攀棲鶻之危巢,俯馮夷之幽宮。 (3) 山鳴谷應,風起水涌。 (4) 悄然而悲,肅然而恐。

結構	首段→點出季節，與友人同遊赤壁。 次段→感嘆此景無酒之掃興，有酒之後開始飲樂。 三段→寫景抒情，充滿道家虛無之思。 末段→以夢境帶入奇妙之理。

　　元豐五年（1082 年），蘇軾在黃州寫完前、後〈赤壁賦〉之後，他的友人─反變法的友人傅堯俞派人到黃州來向蘇軾索求近文，蘇軾便把他的前〈赤壁賦〉親書送之，並在文末題〈跋〉云：「軾去歲作此賦，未嘗輕以示人，見者蓋一二人而已，欽之（傅堯俞的字）有使至，求近文，遂親書以寄。多難畏事，欽之愛我，必深藏之不出也。又有〈後赤壁賦〉，筆倦未能寫，當俟後信。」（蘇軾〈書赤壁賦後〉）這篇題跋，文辭真摯、語意懇切，決非虛詞妄言。

　　全文分為三個層次，第一層次寫泛遊之前的活動，包括交待泛遊時間、行程、同行者以及為泛遊所作的準備，文中敘寫初冬月夜之景與踏月之樂，既隱伏著遊興，又很自然地引出了主客對話[15]。面對著月白風清的如此良夜，又有良朋、佳餚與美酒，再遊赤壁已勢在必行，不多的幾行文字，又寫了景，又敘了事，又抒了情，三者融為一體。

　　第二層次乃是全文重心，純粹寫景的文字只有「江流有聲」四句，卻寫出赤壁的崖峭山高而空清月小、水濺流緩而石出有聲的初冬獨特夜景，從而誘發了主客棄舟登岸攀崖游山的雅興，這裡，作者不吝筆墨地寫出赤壁夜遊的意境，安謐清幽、山川寒寂，異驚險

---

[15] 屈偉忠：〈出世與入世的掙扎──談赤壁賦的精神世界〉，《現代語文》（2006 年第 12 期），頁 8。

的景物更令人心胸開闊、境界高遠,然而當蘇軾獨自一人臨絕頂時,那「劃然長嘯,草木震動,山鳴谷應,風起水湧」的場景又不能不使他產生淒清之情、憂懼之心,不得不返回舟中。

最後,在結束全文的第三層,寫了遊後入睡的蘇子在夢鄉中見到了曾經化作孤鶴的道士,在「揖予」、「不答」、「顧笑」的神秘幻覺中,表露了作者本人出世入世思想矛盾所帶來的內心苦悶[16],政治上屢屢失意的蘇軾很想從山水之樂中尋求超脫,結果非但無濟於事,反而給他心靈深處的創傷又添上新的哀痛,南柯一夢後又回到了令人壓抑的現實。文中寫蘇子獨自登山的情景,是句句如畫,字字似詩,通過誇張與渲染,使人有身臨其境之感,其中描寫江山勝景,色澤鮮明,帶有作者個人真摯的感情,巧用排比與對仗,又增添了文字的音樂感,讀起來更增一分情趣。

後賦以敘事寫景為主,敘寫江岸上的活動,時間也移至孟冬一樣的赤壁景色,境界卻不相同,然而又都具詩情畫意。前賦是「清風徐來,水波不興」、「白露橫江,水光接天」,後賦則是「江流有聲,斷岸千尺,山高月小,水落石出」,不同季節的山水特徵,在蘇軾筆下都得到了生動、逼真的反映,都給人以壯闊而自然的美的享受。後賦雖有先人為末,看似較前篇更加曠達明朗,但它表現出的哀悽之情卻有過之而不及;前賦中由樂轉悲,卻把悲哀轉入安適自得的境界,寫來鏗鏘有聲;而後賦在曠達幽遠的情感中參入欲藉道士呈現幽情,卻更顯神秘而玄遠的思想,未知的夢境,宛如不可

---

[16] 燕紅:〈從赤壁賦看蘇軾的超脫與曠達〉,《勝利油田師範專科學校學報》(2003年第1期),頁36。

預測的未來一般[17]。前賦藉闡發天地間事物其實是能延續永遠，重於生命的永續流轉；而後賦著筆景物描寫，並藉此帶出夢境的玄妙。寫來有條不紊，引人遐想[18]，或許是中國古代文人騷客的逃躲心理，貶謫後心情或許一時無法調適，遂藉道家清遠空靈來避逃世俗，蘇軾的後赤壁賦即散發此種思想意境，讓人感懷不已。

三、〈黠鼠賦〉

本賦寫作時間今難以考定，孫民指出[19]：「今人劉少泉認為是蘇軾十一歲左右的作品，理由有二：其一，宋人王直方的《王直方詩話》中曾提及蘇軾十來歲時就寫出『人能碎千金之璧』等語，其二，蘇軾之孫蘇籀《欒城遺言》寫道：『東坡年幼作《卻刀鼠銘》，而此銘與〈黠鼠賦〉內容大部分相同。』」筆者於此一提供參考。

旨趣	借一隻狡猾的老鼠利用人的疏忽而逃脫的故事。
韻腳	1. 平聲東韻：空、中 2. 上聲紙、尾通韻：死、鬼 3. 上聲有韻：走、手

---

[17] 楊樺：〈悅目、會心、暢神和超越──蘇軾赤壁賦自然美審美心理過程管窺〉，《名作欣賞》（2003 年第 2 期）頁 17。

[18] 李芳：〈蘇軾前後赤壁賦藝術特點共性探索〉，《安徽工業大學學報》（2007 年第 2 期），頁 64。

[19] 孫民：《東坡賦譯著》（四川：巴蜀書社，1995 年），頁 53。

韻腳	4. 入聲黠、屑、曷通韻：黠、穴、齧、脫 5. 平聲真韻：人、鱗 6. 上聲語、去聲遇通韻：鼠、女、故 7. 去聲散韻：見、變 8. 入聲覺、藥通韻：覺、作
修辭	排比→ (1) 不嚙而嚙，以聲致人，不死而死，以形求脫。 　　　 (2) 人能碎千金之璧，不能無失聲於破釜，能搏猛虎， 　　　　　不能無變色於蜂蠆。
結構	首段→蘇軾夜讀聽聞鼠聲，命童子捕捉老鼠，童子卻被鼠輩所 　　　矇，致老鼠脫逃。 次段→作者感嘆老鼠之狡詐竟然可以蒙蔽萬物之靈的人類。 末段→藉由此事參透其中之理，重點在作事要專一。

　　本賦一篇寓言式的詠物小品，風趣幽默，相傳是蘇軾十一、二歲的作品。文中借一隻狡猾的老鼠利用人的疏忽而逃脫的故事，這說明了一個道理：最有智慧的人類，儘管可以「役萬物而君之」，卻難免被狡猾的老鼠所欺騙，原因全在做事時是否精神專一，專一則事成，疏忽則事敗，故事內容生動，寓意深刻，發人深省。

　　藉著「專心可事成，分心則漏洞」之哲理。作者從小事歸納出大道理，將老鼠之黠、小童之驚及作者之思，寫得十分精到[20]，並將記敘、抒情、議論合一，是一篇情文並茂、寓意深刻的文章。

---

[20] 蔣介夫：〈因題發議，以小見大──釋蘇軾黠鼠賦〉，《閱讀與寫作》（1996年第4期），頁28。

四、〈秋陽賦〉

　　本文作於元祐六年，以西漢大賦假託子虛、烏有對話的方式，涇渭分明地寫出了不同境遇之人，對秋陽的不同感受，可以看成是作者貶居生活的曲折反映。

旨趣	藉人的境遇不同，表達出不同的感受，亦反映了儒家的天人觀。
韻腳	1. 上聲紙、平聲支通韻：子、里、詩 2. 平聲庚韻：明、清 3. 入聲屋韻：穀、木 4. 平聲陽韻：陽、涼、陽 5. 入聲屑、月、質、陌通韻： 6. 平聲先、寒通韻：塵、蟠、穿、煙、然、歎、年、懸 7. 平聲陽韻：鏜、祥、芒、桑、梁 8. 平聲青、庚通韻：醒、鳴、行、兄 9. 平聲支韻：知、宜、慈、衰 10. 上聲紙、去聲寘通韻：喜、四 11. 入聲職、緝通韻：惑、笠、德
修辭	1. 譬喻→ (1) 吾心皎然，如秋陽之明；吾氣肅然，如秋陽之清；吾好善而欲成之，如秋陽之堅百穀；吾惡惡而欲刑之，如秋陽之隕群木。 　　　　 (2) 方是時也，如醉如醒，如而鳴。如痿而行，如還故鄉初見父兄。 2. 排比→ (1) 生於華屋之下，而長游於朝廷之上，出擁大蓋。 　　　　 (2) 入侍帷幄，暑至於溫。 　　　　 (3) 菌衣生於器，蛙蚓行於幾席。 　　　　 (4) 夜違濕而五遷，晝燎衣而三易。

修辭	(5) 溝膛交通，牆壁頹穿。 (6) 面垢落曁之塗，目泣濕薪之煙。 (7) 赫然而炎非其虐，穆然而溫非其慈。 (8) 且今之溫者，昔人炎者也。 (9) 居不瑾戶，出不仰笠，暑不言病。
結構	首段→藉著與一位公子之詢問引出二人之對話。 次段→回答客人的問題，體現自己生活中真實之感受。 末段→議論說理，反應作者儒家的天人觀。

　　東坡之秋陽賦，起於與越王之孫的對話。東坡以心之明、氣之清、善惡之堅百穀、惡欲之隕群木來比擬秋陽無比的繁華和光芒萬丈，並用一些比喻來呈現秋陽的浩大和穩健，來表達一種自比宇宙之無限的悠然心情，秋陽的本質並不只是它在時間和空間上的碩大無邊，更是指它的出神入化，它的入於四季之變遷和宇宙之根本的變化演進，然而無論外界如何的改，都要以明智的態度掌握住自己，內心都應在超然的境界裡悠遊。

第四章　蘇軾辭賦之形式結構

　　結構是文章的骨架，線索是文章的脈絡，二者緊密聯繫，鉤住散文中的線索，便可對作品的思路了然於胸。文章的結構不只是一個技巧和方法問題，實質上是寫作者如何認識和反映客觀事物的問題；是作者對客觀事物的認識在寫作方法上的反映；是寫作者思路的具體體現。因此，為了安排好文章的結構，寫作者對客觀事物必須有一個深刻、清晰、明確的認識，不僅要瞭解事物的表面現象，而且要把客觀事物作為材料，經過作者思維，正確地、全面地、深入地反映事物的本質，反映事物間的內在聯繫及其發展規律。就賦之文體而言，漢代古賦大家追求雕繪滿眼，錯采鏤金的大篇幅美，魏晉六朝俳賦作家執著於清水出芙蓉的自然清麗之美，唐宋散文賦作者講求發穠纖於簡古，寄至味於淡泊的文淡之美，從賦的功能觀之，不同體裁的賦主要傾向分別是體物、抒情、尚理之用，它們經歷了形象上的直觀，情緒的感染和心靈的體驗三個階段。

　　蘇轍在〈欒城先生遺言〉：「子瞻之文奇，吾文但穩耳」，宋孝宗於〈御製文集序〉中讚揚蘇軾的文章是「千匯萬狀，可喜可愕」，也指出了蘇軾為文「變化莫測，奇趣橫生」的特點，蘇軾文章的奇

趣可從其文之篇章結構可見端倪[1]，蘇軾的文道觀在北宋具有很大
的獨特性他認為文章的藝術具有獨立的價值，如「精金美玉，市有
定價」，文章並不僅僅是載道的工具，其自身的表現功能便是人類
精神活動的一種高級形態[2]，他亦主張文章應像客觀世界一樣，文
理自然，姿態橫生，同時，他亦提倡藝術風格的多樣化和生動性，
反對千篇一律的統一文風，認為那樣會造成文壇「彌望皆黃茅白葦」
般的荒蕪，正是在這種獨特的文學思想指導下，蘇軾的散文呈現出
多姿多采的藝術風貌。他廣泛地從前代的作品中汲取藝術營養，其
中最重要的淵源是孟子和戰國縱橫家的雄放氣勢、莊子的豐富聯想
和自然恣肆的行文風格。蘇軾曾自評：「吾文如萬斛泉源，不擇地
皆可出，在平地滔滔汩汩，雖一日千里無難。及其與山石曲折，隨
物賦形，而不可知也。所可知者，常行於所當行，常止於不可不止。」
（〈自評文〉）他的自我評價與讀者的感受是相吻合的，蘇軾確實具
有極高的表現力，在他筆下幾乎沒有不能表現的客觀事物或內心情
思，蘇文的風格則隨著表現物件的不同而變化自如，像行雲流水一
樣的自然、暢達，他依靠揮灑如意、思緒泉湧的方式達到了欲要表
達的目的。

1　王更生：《蘇軾散文研讀》（台北：文史哲出版社，2001 年），頁 85。
2　洪柏昭：〈東坡後杞菊賦解——兼論蘇賦的淵源及獨創風格〉，《東坡研究論
　　叢》第四輯（成都：四川文藝出版社，1986 年），頁 62。

第一節　古賦之章法類型

　　蘇軾古賦篇章有〈灩澦堆賦〉、〈屈原廟賦〉、〈昆陽城賦〉、〈後杞菊賦〉、〈服胡麻賦〉、〈快哉此風賦〉、〈酒隱賦〉、〈中山松醪賦〉、〈洞庭春色賦〉、〈沉香山子賦〉、〈酒子賦〉、〈天慶觀乳泉賦〉、〈菜羹賦〉、〈老饕賦〉，是蘇賦中最多之一類，筆者將諸賦之類型與內容陳列如下：

	篇　　名	古賦之類型	內容主旨
1	〈灩澦堆賦〉	駢賦	寫景詠物
2	〈屈原廟賦〉	騷體賦	弔古、議論
3	〈昆陽城賦〉	駢賦	弔古、議論
4	〈後杞菊賦〉	駢賦	詠物
5	〈服胡麻賦〉	騷體賦	詠物
6	〈快哉此風賦〉	駢賦	酬唱
7	〈酒隱賦〉	駢賦	議論
8	〈中山松醪賦〉	駢賦	議論
9	〈洞庭春色賦〉	駢賦	詠物
10	〈沉香山子賦〉	駢賦	詠物
11	〈酒子賦〉	騷體賦	詠物
12	〈天慶觀乳泉賦〉	駢賦	出遊寫景
13	〈菜羹賦〉	駢賦	抒情
14	〈老饕賦〉	駢賦	抒情

　　古賦包括戰國末期楚國屈原之騷體及荀子的〈賦篇〉，延及之後的漢賦。荀子〈賦篇〉分別寫了禮、知、雲、蠶、箴等五種事物，

以韻散相間和問答體的結構方式，劉勰《文心雕龍‧諧隱》云：「遁辭以隱意，譎譬以指事」，漢賦淵源於荀子〈賦篇〉，並在文學體制上接受了楚辭和戰國恣肆文風的影響。蘇軾所處北宋時代騷體、駢體的賦作仍然很多，在數量上遠遠超過新出的散文賦體裁。

一、騷體賦

蘇賦的古賦中有三篇騷體：〈屈原廟賦〉、〈服胡麻賦〉、〈酒子賦〉，三文的寫法不盡相同。騷體是屈原在楚國民歌的基礎上所創造的一種抒情韻文，以〈離騷〉為代表，一般篇幅較長，句式靈活參差，多六、七言，以「兮」字作語助詞。另外，過去有人總結過，「騷」調以虛字為句腰，腰上一字與句末一字平仄相異為諧調，平仄相同為拗調，〈九歌〉以「兮」字為句腰，句調諧拗亦同。騷體可以稱詩，亦可以指賦。筆者試將蘇軾三篇騷體作出比較：

篇章結構 篇名	「兮」字之位置	篇幅 字數	結構特色
〈屈原廟賦〉	有時用於前句尾，有時又用於後句尾，亦用於句中	442	參差錯落，不僅使音節變化多端，而且是隨著內容轉變而產生變化，靈活自如，達到了明顯的傳情作用
〈服胡麻賦〉	用於後字的句尾	467	屬於典型之騷體

〈酒子賦〉	前半為三言，繼之以散句過渡，後半則全用騷體，句尾均用「兮」字。	309	出現特別之結構形式，句式參差而錯落有緻

　　三篇騷體在形式上的特色均是短小精鍊，加之兮字的靈活運用，使人讀來不會有短促未完之感反而安排有序。

二、駢賦

　　古賦中另一部份駢賦，「駢」即對偶的意思，其特點是通篇基本對仗，兩句成聯，但句式靈活，多用虛詞，行文流暢，詞氣通順，音韻自然和諧，在漢魏六朝時一般要求句式整齊，基本上以四言六言為主，講究駢四儷六，形成駢賦，又稱之為俳賦，極講究駢偶，駢賦的體制特點是通篇對聯，技巧出新；煉詞熔典，講究一定聲律，猶如對聯串綴成文，到了魏晉六朝，駢賦以抒情言志為主，六朝駢賦較之唐代律賦，則四六未嚴，平仄隨意。

　　我們將蘇軾所有駢賦列表於下：

	篇名 ＼ 篇章結構	句式結構（不含序）	字數
1	〈灧澦堆賦〉	以六言、八言、九言為主，四言句式夾雜	429
2	〈昆陽城賦〉	以六言為主，夾七言句式	280
3	〈後杞菊賦〉	以四言、六言為主，五言、七言、九言亦有但僅一兩句	380

4	〈快哉此風賦〉	以四言為主，夾八言句式	168
5	〈酒隱賦〉	以四言、六言為主，夾七言、十言句式	371
6	〈中山松醪賦〉	以六言為主，夾五言、七言句式	363
7	〈洞庭春色賦〉	以六言為主，四言句式少，夾五言、十言句式但僅一兩句	367
8	〈沉香山子賦〉	以四言、六言為主，夾五言、九言句式但僅一兩句	275
9	〈天慶觀乳泉賦〉	以六言為主，四言較少，夾五言、七言、十言句式	549
10	〈菜羹賦〉	以六言為主，夾少數七言句式	327
11	〈老饕賦〉	以六言為主，四言較少，夾少數七言	280

　　蘇軾之駢賦多以四六句式為主的形式呈現，而以六句較多，搭配雜言，或三言，或五言，或七言，由筆者之觀察，其較特別的是蘇軾好以三言入賦，如〈後杞菊賦〉文末「春食苗，夏食葉，秋食花」，另如騷體〈酒子賦〉開頭亦有「米為母，麴為父，蒸羔豚，出髓乳。憐二子，自節口，飼滑甘，輔衰朽。先生醉，二子舞」，以三言入賦，形式接近於遠古之歌謠，故頗有歌謠訣諺之節奏，文氣流暢而創造另一種形式之美。而他繼承六朝以來言志的傳統，重視賦之外在形式美的創造及內容重感情的體驗[3]，在賦中恣意抒情，藉由描述歌詠一件事物，抒發自己的價值觀，表達真性情，根據自己的生活經驗，生命的經歷，表現出對於理想、人生的理念，或是鄉關之思、或是故國之情、或是懷才不遇等，賦作內容風賦多

---

[3] 薛祥生：〈從後杞菊賦看蘇軾出知密州時的心態〉，《中國第十屆蘇軾研討會論文集》（山東：齊魯書社，1999年），頁86-88。

采，由不同側面不同層次展示了他心中的苦悶和精神追求，除了形式的的整齊，蘇軾的賦因其內容而更具有文學的特質。

第二節　律賦之章法類型

蘇軾律賦篇章有〈明君可以為忠言賦〉、〈通其變使民不倦賦〉、〈三法求民情賦〉、〈六事廉為本賦〉、〈復改科賦〉、〈延和殿奏新樂賦〉、〈濁醪有妙理賦〉。

唐宋科舉，考試律賦，律賦比駢賦限制更嚴，不僅駢偶，而且現韻數，故歷來為文學家所不取，認為毫無文學價值，然筆者以為律賦不盡為科考下僵栻的產物，簡師宗梧認為：唐代因科舉試賦，因此出現一些為了配合律賦形式要求而難以發揮的題目，這一類的題目，原本不易發揮，加上官韻的限制，就很難寫出具有個人風格的文學作品，不免使律賦淪為「因難見巧」的考試工具而已，他指出[4]：

> 律賦的趣味，無異於「因難見巧」的文字遊戲，它的文學價值就不免大打折扣了。這正是徐師曾《文體明辨》所說：「但以音律諧協對偶精切為工，而情與辭皆置弗論」的結果。我們如果從修辭學及文學語言變造的角度去考察，這裡有極豐

---

[4] 簡宗梧：〈賦的可變基因與其突變──兼論賦體蛻變之分期〉，《逢甲人文社會學報》（2006 年，第 12 期），頁 20。

富的材料。同時我們也不難發現：其所謂「因難見巧」，不只是形式上巧於組句，也在內容方面巧見新意。讀這些賦篇，猶如看見舞者戴腳鐐手銬跳舞，直把枷鎖當做道具，隨著變巧的節奏，舞出優美的身段，顯示了他的靈巧和造詣。所以它的語文藝術價值，還是不能夠全部加以抹殺的。

然而有宋代，律賦不僅數量多，而且質量亦高，蘇軾現存七篇律賦，均以議論取勝，七篇律賦列示於下：

篇名	篇章結構 對句用典	議論主題
1 〈明君可以為忠言賦〉	(1) 以六言對句為主，四言佔少數，夾少量八言句式 (2) 以舉例、譬喻取代用典	從君、臣的角度論述臣進諫與君納諫的關係
2 〈通其變使民不倦賦〉	文中善用舉例及引經據典，偶語確有單行之氣勢，最特別的是大量使用「之」、「乎」、「者」、「也」等虛詞，甚至有些律句幾乎與散文沒有太大的分別	表現了蘇軾一貫的變革主張
3 〈三法求民情賦〉	以六言句式為主四言次之，夾八言句式但數量少，句式相較於蘇軾其他律賦較為多變	勸諫君主應杜絕冤獄，體恤民情

4	〈六事廉為本賦〉	(1) 全篇多以四言、六言的對句貫穿 (2) 以舉例取代用典	確立良吏之標準
5	〈延和殿奏新樂賦〉	(1) 以四言、六言對句為主，但相較其他篇所用之對句較少 (2) 未用典	蘇軾六篇律賦中所用對句最少者，可能與其是一篇頌揚皇帝正雅樂的作品有關，然此舉並不影響其中對作者說理、持理之肯定
6	〈復改科賦〉	全篇幾乎有五分之四的內容以四言、六言對句行之	讀來特有「理證確鑿」之感，益以適當的譬喻修辭，全文氣勢高昂，議論宏大，充分表現出蘇軾對於恢復的考試制度之頌讚及肯定
7	〈濁醪有妙理賦〉	(1) 以四言、六言對句為主，夾八言 (2) 驅使與酒有關之典故，而且幾乎句句用典	全篇圍繞一主旨，反應此時蘇軾被貶海南的心境

　　蘇軾律賦中大量使用對句結構全文是他的一項主要特色，此外，蘇賦好引古籍中《詩經》、《易經》之例在其律賦的部分可再次參證，特別是《易經》，蘇軾喜以書中之卦象、卦辭及爻辭舉例或用典。形式上，依據《賦譜》中律賦正格的規定，一律賦內計首尾約三百六十字左右，李調元《賦話》：「唐時律賦，字有定限，鮮有過四百者。」我們審其六篇律賦：〈濁醪有妙理賦〉四百六十八字，〈明君可以為忠言賦〉五百六十字，〈通其變使民不倦賦〉四百七

十七字,〈三法求民情賦〉五百六十字,〈六事廉為本賦〉四百二十
八字,〈復改科賦〉三百六十字,〈延和殿奏新樂賦〉五百六十六字。
蘇軾認為作文篇幅過長與不足皆未見其美,一篇佳賦除了需要具備
神來之靈感,對事物事理的觀察體驗,何時辭達而止,適時收筆,
以免傷冗亦需用心思考安排,可見蘇軾在律賦作品篇幅的安排上,
是隨著律賦之寫作風尚變化,不一定要受限在三百六十字以內,加
上靈活的文思伸展,即有了更廣闊的馳騁空間。

　　在賦的的傳統表現手法上,講究「鋪陳其事」,故前人作賦多
描摹、敘述,極少議論,觀審蘇軾的律賦,可視其為議論入賦的先
聲,劉培針對北宋初、中期的辭賦曾提出北宋「科舉由重詩賦到重
策論的轉變,激發了辭賦的議論氣息,使辭賦向策論靠攏[5]。」宋
代科舉的文人為了應付詩賦取士,往往注意知識的累積和容匯古今
的能力,以此來造就學殖深醇與識度高遠,因此使得律賦朝著議論
化,理論思辨性的方向發展[6]。以蘇軾六篇律賦而言,均屬於通篇
議論,然而議論入賦,除了與作者本身喜好有關外,主要還是由題
材內容與作者本人豐富的思想所決定,故蘇軾律賦雖以議論為軸,
然讀來言之鑿鑿,理氣宕然,並無生澀枯燥之弊。

　　蘇軾的律賦與他的整個賦作精神相通,浦銑《復小齋賦話》云:
「東坡小賦及流麗,暢所欲言而韻自從之,所謂萬斛泉源,不擇地
湧出者,亦可見其一斑。」此語道出蘇軾律賦悠遊自如,依律而不
為律所縛之特點,雖是說理,然各篇不遵循同一模式。

---

[5]　劉培:《北宋初、中期辭賦研究》(台北:萬卷樓,2004 年),頁 247。

[6]　馬德富:〈論蘇軾的賦〉《東坡研究論叢》第四輯 (成都:四川文藝出版社,
　　1986 年),頁 102。

第三節　散文賦之章法類型

　　蘇軾散文賦篇章有前後〈赤壁賦〉、〈黠鼠賦〉、〈秋陽賦〉。前章節已述及散文賦之產生是繼唐代科舉律賦限制過嚴，有識之文人力求擺脫，故至唐末，宋代乃以整散兼行創作新賦，主於說理為尚，不重格律規制，無異有韻之古文，杜牧之、歐陽修、蘇軾之皆散賦之上選，共稱三大散賦佳作[7]，賦至此又有一新風格：以散馭駢、雖有駢偶句式但以散文句式為主，貫穿全篇、內容以議論為主，兼及體物，記事及抒情且用韻寬泛自由。特別是他的前、後〈赤壁賦〉、〈秋陽賦〉三篇賦作有大量的駢句，在問答對話中，它們均具有賦的結構特色，在寫景抒情上，有大量輔陳，具有賦善輔陳的特點，而在過渡轉承中，又已是一篇散文。所以，三篇文章是古文、賦、駢文的交叉，具有三種文體相應的特性，這種典型的過渡階段文體在北宋出現，並非偶然，它正可以證明北宋古文運動對各種文體的影響滲透，是宋代古文運動破體為文風氣的組成部分，為北宋駢文散化的一種表現[8]。

---

[7]　曾子魯：〈簡論蘇軾對韓歐古文成就的繼承與發展〉《中國第十屆蘇軾研討會論文集》（山東：齊魯書社，1999 年），頁 307。

[8]　馬德富在論蘇賦時曾指出：對於這種文賦也有人不以為然，元代祝堯《古賦辨體》就說：「至於賦，若以文體為之，則是一片之文，押幾個韻，而於《風》之悠遊，此興之假托，《雅》《頌》之形容，皆不兼之矣。」意甚鄙屑不足道。清人程廷祚也說：「唐以後無賦。其所謂賦者，非賦也。君子於賦，祖楚而宗漢，盡變於東京，延流於魏、晉六朝以下無讖煙。」馬德富認為祝、程二人的說法偏執，不過也反映了一個事實，即文賦與傳統意義上的賦概念不合，但這種不合正是一種進步。馬德富：〈論蘇軾的賦〉《東坡研究論叢》第四輯（成都：四川文藝出版社，1986 年），頁 104。

筆者將蘇軾散文賦列示於下：

篇章結構 篇名	句式結構	篇幅字數	問答形式
前〈赤壁賦〉	四言、六言、雜言數量平均，就整體篇章而言各佔三分之一	650	主客問答
後〈赤壁賦〉	以四言句式為主，夾三言、五言、六言，然數量相較四言句式顯得少數	447	主客問答
〈黠鼠賦〉	以四言、雜言為主，二者各佔全文一半	358	主人、童子對答
〈秋陽賦〉	以七言、八言之句式為主，四言相較全文比例較少	592	作者、居士對答

一、散文賦的獨特形式結構

一種文體通行既久，難免僵化，必須另闢蹊徑，給予文體新的契機與生命，《文心雕龍・通變》：

> 夫設文之體有常，變文之數無方，何以明其然耶？凡詩賦書記，名理相因，此有常之體也；文辭氣力，通變則久，此無方之數也。名理有常，體必資于故實；通變無方，數必酌于新聲；故能騁無窮之路，飲不竭之源。

馬德富認為:「散文意味的增加不是隨心所欲的偶然現象[9]。」文賦的出現也不只是增添了一個花色品種,應該體會到,賦體的這種變化除了自身的原因外,還有著深刻的社會的歷史的原因。雖說我們不一概否定駢賦,承認它在聲韻對仗上的某種發展,但它束縛了思想的自由表達和內容的伸展,也是事實。律賦的限制束縛更緊,而騷體的形式則古老而顯得僵化,這幾種體式已不適於表達日益廣闊複雜的社會生活和人們的情志,因此散文傾向的增加和文賦的出現是賦體文學發展的必然趨勢。歐陽修、蘇軾等人順應這個趨勢,在繼承前人創作經驗的基礎上推其流而揚其波,並以其成功的作品使文賦立於不敗之地,功勞絕不可沒,儘管他們作的文賦並不算多,但新的事物一開始並不是以數量取勝。在騷體、駢體,律體賦仍然風行的宋代,歐、蘇等人大膽地摒棄形式的桎梏,推動賦體文學向散文詩發展,他們的藝術實踐給賦開闢了一條新的方向,標誌了賦體文學發展的新方向,我們可以說:散文賦的出現是對散文抒情功能的補充,賦兼具了抒情寫志與闡發哲理的特點,與散文相較又具有音韻協暢之美,因此更適合表達情理相得的婉轉情韻。

　　班固云:「賦者,古詩之流也。」(〈兩都賦序〉)摯虞曰:「賦者,敷陳之稱,古詩之流也。」(〈文章流別論〉)劉勰說:「賦也者,受命于詩人,拓宇于楚辭也。」(《文心雕龍‧銓賦》)這些話都強調賦與詩的淵源關係,同時也說明賦應該具有詩意,其後的李白和白居易都重複了「賦者,古詩之流」這句話,但是自漢代起,許多

---

[9]　馬德富:〈論蘇軾的賦〉《東坡研究論叢》第四輯(成都:四川文藝出版社,1986年),頁103。

鋪張宏麗的辭賦以敷陳物事為主，求其詩意則淡乎若無，後出的駢賦講究音韻、對仗、辭采，不少作品也缺乏詩意，正如劉勰所譏：「辭人賦頌，為文而造情。」(《文心雕龍‧情采》) 既缺乏真情，當然沒有詩意，律賦則更是如此，幾乎與詩意絕緣，蘇軾則與此不同，他比較注重賦的詩意，在這方面倒是直承詩騷的統緒，尤其難能可貴的是，他在散體賦中融入濃郁的詩意，其人某些作品簡直就是散文詩，在散句單行中顯出一種渾然的美，一種濃郁的詩的情趣，使前此許多作品賦黯然失色。

在作散文賦方面，作者採取內在審美的方式營構藝術，由視覺審美的客觀視野轉化為主觀視野，重在精神時空的營造，這種「象外之象」即精神層面。歐陽修及蘇軾是宋代散文賦的代表作家，他們早年都有用世之志，然而由於時代背景的因素，二人在宦海沈浮中備受傾軋，加上儒釋道之交替影響，因而形成了獨特的審美觀，成就虛靜恬淡的胸懷，不為物累的超然個性，遺世獨立、曠達樂觀的人格，成為當時或後世許多文人追求的目標，因此沖淡的散文風格就成為一種時尚，成為文人審美觀注之所在。

蘇軾作散文賦有一個重要特點，就是寫作手法比前人更自由，常打破各種文體習慣上的界限，把抒情、狀物、寫景、說理、敘事等多種成分糅合起來，以胸中的感受、聯想為主，信筆寫去，文章結構似乎鬆散，但卻於漫不經心中貫穿了意脈，比之范仲淹歐陽修等人性質相近而體裁單純、結構清楚的散文，顯得更為自然、飄逸和輕鬆。

二、設問結構

　　《文心雕龍・詮賦》說賦:「述客主以首引,極聲貌以窮文,斯蓋別詩之原始,命賦之厥初也。」強調賦「述客主以首引」的形式,是賦自成文類的重要指標,亦是賦之所以為賦的必要條件,可見賦與設辭問對關係之密切。然而東漢以後,賦不再是口誦耳受的聲音藝術,於是失去它的必要性;中唐韓愈、柳宗元倡導古文運動,在復古口號下改革了駢偶語言[10],他們的賦作直接繼承發展先秦兩漢古賦傳統[11],柳宗元〈答問〉、〈設漁者對智伯〉,雖不以「賦」名篇,但其體裁取自東方朔〈答客難〉、揚雄〈解嘲〉,正是《文選》列為「設論」一類的古賦之體,既保持主客答難的賦的結構,又用比較整飾而不拘泥對偶的古文語言,實質便是文賦。作為賦的一類變體,文賦是唐宋古文運動的產物,其成就之一便是使文賦這一賦體發展得更為成熟而富有特色,歐陽修〈秋聲賦〉和蘇軾前、後〈赤壁賦〉是為雙璧。

　　從體裁形式看,宋代散文賦都還保持「設論」一類漢賦的體制,既有主客答難的結構形式,又吸取如韓愈〈進學解〉的敘事性質,

---

[10] 簡師宗梧以為賦中設問的設置發展是:一、先秦貴遊賦多為優者與帝王對話的記錄,二、漢代宮廷賦是為口誦表演而寫成對話的書面創作,三、東漢至六朝文士的賦多假設古人之辭,四、唐宋賦則多設今人之辭以暢所欲言。簡宗梧:〈賦與設辭問對關係之考察〉,《逢甲人文社會學報》(2005年第11期),頁20-25。

[11] 設辭問對不僅見之於唐古賦,也見之於唐律賦。如元稹〈郊天日五色祥雲賦〉與〈觀兵部馬射賦〉,有不少對話,保留了問對形式。簡宗梧:〈賦與設辭問對關係之考察〉,《逢甲人文社會學報》(2005年第11期),頁25。

但擴大了敘事部分，增加寫景抒情部分，不論是表達衰變中的心靈震盪、或愁憂中的自我超越、困乏中的人生情感[12]，也常用問對的形式，多元對話，以便於暢所欲言。蘇軾〈後赤壁賦〉則幾乎完全擺脫漢賦體制的影響，獨創地構思了夜遊赤壁、攀登峰頂、泛舟長江及遇鶴夢鶴的情節，以這三篇為代表的宋代文賦的共同特點是，融寫景、抒情、敘事、議論於一體，用相當整飭的古文語言寫作鏗鏘和諧的韻文。

　　宋代文賦的實質是用古文語言寫作的具有賦的結構的韻文，因此按照古代傳統文論觀念來看，一方面肯定賦體至「宋人又再變而為文」，是賦的一種變體；另一方面又認為「文賦尚理，而失於辭，故讀之者無詠歌之遺音，不可以言儷矣」（《文體明辨》），覺得既不符合古詩之流的要求，又不符合駢偶聲律的儷辭的標準，實則已不屬賦體，但從文學體裁的發展規律看，宋代文賦正是賦體發展的終極階段，而蘇軾前、後〈赤壁賦〉即為臨界的標誌作品。

第四節　蘇軾賦作篇章結構之特色

　　蘇軾的賦並不拒絕表現世俗的生活，然而在生活細節的具體描述中隱伏了作者的情志，表現了詩的意味，〈後赤壁賦〉中「主客問答和歸而謀諸婦」的敘述就是如此，另外，〈菜羹賦〉也比較典

---

[12] 郭維森、許結：《中國辭賦發展史》（南京：江蘇教育出版社，1996），第六章第五節敘「兩宋辭賦的內省特徵」即分此三項說明。

型。賦前小敘云：「東坡先生卜居南山之下，服食器用，稱家之有無。水陸之味，貧不能致，煮蔓菁、蘆菔、苦薺而食之。其法不用醯醬，而有自然之味，蓋易具而可常享，乃為之賦。」賦的主要部分就在敘述煮菜羹的方法，敘述得津津有味，不厭其煩，將煮菜羹之由以及怎樣洗菜、怎樣熬煮、要注意的問題、火候的掌握都寫得具體而微，這在賦體文學中實為別緻而特殊，然後由此推開延展，道出自己「忘口腹之為累」、「無患於長貧」的生活態度，表現了蘇軾處於逆境而曠達不拘的情懷。〈秋陽賦〉亦是如此，此篇賦旨在讚美秋日太陽之可愛，但不是空洞的讚美，而是通過具體的敘述來讚美的。賦以議論開頭，認為「生於華屋之下，而長於朝廷之上，出擁大蓋，入侍幃幄」的貴公子並不知道秋日太陽的可貴，只有像他這種曾經暴露於田野的人才知道，接著他從夏日的霖雨談起，具體而真實地寫出霖雨給人民帶來的災難，起居的艱難且不說了，而更現實的卻是吃飯問題：「禾已實而生耳，稻方秀而泥蟠。溝塍交通，牆壁頹穿。面垢落曁之驚，目泫濕薪之煙。釜甑其空，四鄰悄然。鸛鶴鳴於戶庭，婦宵興而永歎。」寫出農村一片凋敗情景和人民的困苦生活，這些生活細節，沒有認真的體察是寫不出支字片語的，從這裡也可以看出蘇軾對民間疾苦的留意和關心。接著寫久雨初晴的徵兆和人們的喜悅：「忽釜星之雜出，又燈花之雙懸。清風西來，鼓鍾其鏜。奴婢喜而告予：此雨止之祥也。蜑作而占之，則長庚澹澹其不茫矣。浴于陽谷，升于扶桑，曾未轉盼而倒景飛於屋樑矣。」文筆輕快，心情愉悅，從這裡也可以看出作者對於自然界觀察之細緻，由前後兩種情景的敘述中，我們強烈感到作者情緒的起伏，雖不直言秋陽之可愛，而秋陽之可愛也就寓於其中。

一、由內容情境牽引形式結構之特殊

　　賦在漢代專以鋪陳宮苑城市為能事,以後也多側重於描寫貴族的生活和墨客騷人的愁怨,真正反映生活、反映民間疾苦的很少,從這一點來看,蘇軾的賦的確難能可貴,因為對待人民的態度如何,是衡量古代文學作品有無社會價值和進步意義的重要標誌之一。蘇軾在沈浮顛簸的宦海中,使他廣泛接觸了社會實際特別是廣大低下階層的貧苦人民,更加強了他追求改革的理想和願望。

　　蘇軾的賦另一個特點,就是洋溢著一種理趣。他曾說「出新意於法度之中,寄妙理於豪放之外」(〈書吳道子畫後〉)新意和妙理是蘇軾非常重視的,其作品長於議論,常常進行人生哲理的探討,「有意而言,意盡而言止。」又如〈前赤壁賦〉,在赤壁月夜的景物描寫之後,接著便借主客的問答,進行人生有限與無限的討論,友人說像曹孟德這樣的一世之雄尚且不能長久於世,何況我輩?我們只不過像朝生暮死的蜉蝣,滄海中的一粟,長生不老根本無望,只能羨慕長江的無窮,把悲怨訴諸簫聲,蘇軾不以為然,他借水的流逝與月的盈虛為譬,說明如果從變化的角度看,萬事萬物都沒有一瞬的止息;從不變的角度看,物與我都是無限的。主客的問答實際上是蘇軾內心的獨自對白,前一席話感歎人生的短暫,是生命覺醒的悲哀;後一段話很超脫,是故作曠達,骨子裡仍然隱藏著人生空漠之感,兩者反映出蘇軾頭腦中人生有限與無限的深刻矛盾。

　　蘇軾喜好莊子，他的思想和文風都受莊子不小的影響，在〈酒隱賦〉、前後〈赤壁賦〉、〈老饕賦〉等篇章中皆可見到道家思想之浸染，蘇軾的賦長於議論，善於進行哲理之思索[13]，雖然他的議論並不一定都正確，而且有的受老莊思想影響很深，帶有消極的出世因素，然而不少地方仍有令人深思、給人啟發之處，賦中的議論不純是枯燥的說教，而常在生動的敘事、描寫中展開，並帶有感情的成分，這是值得我們借鑒的。

　　就傳統的意義看來，賦的特點在於鋪陳，因此堆砌辭藻、排比典故幾乎成了賦的一個基本傾向，蘇軾的賦卻很少大段的鋪敘，很少辭藻典故的堆砌，他的賦沒有〈上林賦〉、〈子虛賦〉、〈西都賦〉等誇張貴族的排場，多是直敘其事，常從世俗生活的細節中引出詩的意緒和哲理的思維，簡明委婉，文字長的不過五百多，短的只有一百多。再者，蘇賦對於辭章相當講究，曹丕《典論‧論文》云：「詩賦欲麗」，劉勰《文心雕龍‧銓賦》言賦須「麗詞雅義，符采相勝，如組織之品朱紫，畫繪之著玄黃。」在蘇軾之前的賦，或豔麗，或宏富、或壯采，或綺靡，總之大多對詞藻很講究，然蘇軾的賦卻不是如此，他的賦文字樸實、清新，沒有采麗競繁的風格，他不尚采繡浮巧、險怪奇誑，不追求人工雕琢的美，而追求一種自然的美，這些和他古文運動的主張是確為一致。

　　蘇軾的賦有自己的特色，往往工於變化，不落俗套，他善於運用錯綜變化的筆法，使文章波瀾縱橫，惟我操持，何遠〈春渚紀聞〉中引蘇軾友人劉景文語：「某平生無快意事，惟作文章，意之所至，

---

[13] 馬德富：〈論蘇軾的賦〉《東坡研究論叢》第四輯（成都：四川文藝出版社，1986 年），頁 106-107。

則筆力曲折，無不盡意，自謂世間樂事無逾此者。」此處不僅講到
了他靈活多變的筆意，亦兼指他文章的構思奇絕，如前、後〈赤壁
賦〉、〈昆陽城賦〉等，根據金代王若虛《滹南遺老集》[14]之評述，
認為都具有「莫可測其端倪」的特色[15]，又清劉大櫆《論文偶
記》[16]云：「讀古人文，於起、承、轉、接之間，覺者不可測識處，
便是奇氣。」善用錯綜變化之筆，以此謀篇立意，蘇軾之賦在內容
和形式上對賦體文學都有所發展，這種發展的意義不在於延續古老
陳舊的體裁的壽命，而在於標誌了賦體文學向散文詩發展的新方
向，這一點對後世有莫大的影響。

二、句法、用韻、用典之突破

　　漢魏六朝賦一般都是句式整齊，基本上以四六駢儷為主，蘇軾
繼歐陽修力踐古文運動以來以來，打破陳規，以散文方法作賦，句
式多變，長短不一，一個句子少則一、二字，長則多達十一字（如
〈天慶觀乳泉賦〉賦中句），即使是苛求工整之律賦，蘇軾一樣運
用散句，或是對偶也並非句句對的工整，用韻上蘇軾亦顯得發揮自
如，有一韻到底者，如〈後杞菊賦〉、〈洞庭春色賦〉、〈中山松醪賦〉、

---

[14] 金‧王若虛：《滹南遺老集》（台北：藝文印書館，1966 年）。

[15] 饒學剛：〈前後赤壁賦遊蹤考〉《東坡研究論叢》第四輯（成都：四川文藝
出版社，1986 年），頁 116-118。

[16] 清‧劉大櫆：《海峰文集》十九卷，清同治甲戌（十三年）孫繼重刊本（1874
年）。

〈老饕賦〉，甚至未用韻者，故李調元有云：「古人作賦，未有一韻到底，創之東坡始。」其文賦的用韻，除去了律賦的限韻規律，既自然又自由，靈活而神妙，呈現出不拘一格的特色和跌宕多姿的節奏感，語言駢麗、押韻，用韻時疏時密，卻又極盡變化之能事，駢散結合，流暢婉轉，用韻自由，疏密相間。

　　蘇軾賦有二十五篇，除了其中律賦為進諫頌揚之作外，其餘十九篇基本上是言情小賦，這些賦反映了他的對人生的探索精神，藝術地表現出他對生命的獨特解讀，最短的〈快哉此風賦〉一百餘字，最長的〈復改科賦〉六百餘字，其餘都是在兩百至五百字之間，與前人長至千言或萬言的大賦相較，蘇軾的小賦確實有天壤之別，就因其短小，因而可以一韻到底或是不押韻，使人讀來有如詩歌一般地流暢，具有音樂美感特質，予人視覺、聽覺上的享受。

　　在散文寫作方法部分，蘇軾最重視的一點是「以意為主」[17]，因此，他既反對浮巧輕媚，叢錯采繡之文，即外表華麗而缺乏內涵的駢體文，也反對怪僻而不可讀之文，不過，蘇軾更加重視在「意」的支配下構成自由揮灑、變化無端的藝術風格，所以文章結構雷同的情況很少，總是隨「意」變化。蘇軾的文章在所謂「古文」的系統中，無論比之於早期的韓、柳，還是比之於同時的歐、曾，都要少一些格局、構架、氣勢之類的人為講究，如行雲流水一般，姿態橫生，並且吻合他自己的情感基調與個性特徵，從散文中也可以感受到蘇軾的個性與才華。

---

[17] 陳良運主編：《中國歷代賦學曲學論著選》（南昌：百花洲文藝出版社，2002年），頁149。

　　散文文體可以包容有限的排比對句，然而，錯落有致的句法，
自然天成的韻律，才是散行文體的主要特質[18]。蘇軾散文的語言風
格，不若韓愈那樣拗折奇警，也不像歐陽修那樣平易流轉，他極重
視通過捕捉意象，通過音聲色彩的組合，來傳達自己的主觀感受，
時常點綴著富於表現力的新穎辭彙，句式則是駢散文交雜，長短錯
落。這一類散文的一個重要特點，是寫作手法比前人更自由，常打
破各種文體習慣上的界限，把抒情、狀物、寫景、說理、敘事等多
種成分糅合起來，以胸中的感受、聯想為主，信筆寫去，文章結構
似乎鬆散，但卻於漫不經心中貫穿了意脈，文筆似閒散，意脈卻流
暢而完整，如前、後〈赤壁賦〉即如此，在自然時間流動中，貫穿
了遊覽過程與情緒的變化，把寫景、對答、引詩、議論水乳交融地
彙為一體，完全擺脫過去賦體散文呆滯的形式與結構，在蘇軾這一
類文章中，表現「意」即作者的感受是最重要的，所以文章結構雷
同的情況很少，總是隨「意」變化。

　　接著再提到蘇軾作文所用典故：所謂典故，一般辭書的解釋
是：「詩文等作品中引用的古代故事和有來歷出處的詞語」，分為「語
典」、「事典」及「語事混合典」三種，語典指變化前人詞語，但沿
用前人詩意的寫法；事典指引用古代故事或某人生平事蹟以豐富詩
意的寫法；語事典混合使用是指融合前人用過的典故之用語及同一
個典故故事的用法；《漢語大詞典》解釋「典故」一詞云：「詩文等
作品中引用的古代故事和有來歷出處的詞語」，劉勰在《文心雕

---

[18] 孫民：〈關於蘇軾辭達說〉《中國第十屆蘇軾研討會論文集》（山東：齊魯書
　　社，1999 年），頁 182。

龍》[19]的〈事類〉篇第一段便明言：「事類者，蓋文章之外，據事以類義，援古以證今者也。」

　　不同的作者引用相同典故時，或直接使用前人使用過的詞語與詞義，所以詞義相同，用詞也相同或相似；或因詩句中所側重的詞義不同，致使用詞或相同或不同。也有典故出處不同，詩句中所取的詞義相同或相近，用詞不同。蘇軾在文集裡二次提到用典的觀念[20]，其一在〈題柳子厚詩二首之二〉：「詩須要有為而作，用事當以故為新，以俗為雅。好奇務新，乃詩之病。」（《蘇軾文集》卷六十七）；其二在〈書贈徐信〉：「大抵作詩當日鍛月鍊，非欲誇奇鬥異，要當淘汰出合用事。」（《蘇軾佚文彙編》卷五）。就用典的

---

[19] 王更生於篇前〈解題〉注曰：「事類又叫事義，就是典故，也就是今人所謂之『材料』，所謂『據事以類義，援古以證今』，這是充實作品，修飾文辭的一法。」（同〔註一〕，頁167）湖北辭書出版社編纂《全唐詩典故辭典》、《全宋詞典故辭典》、《全元散曲典故辭典》三套《典詮叢書》的主編范寧先生於叢書〈序〉言曰：「典故就是詩文中引用古代故事和前人用過的詞語，有來歷和出處的。一般分為事典和語典。事典裡面包含一個故事。……至於語典比較簡單，……這種『融化詩句』也是語典的一種。」〔註二〕范寧先生序言所指的「語典」、「事典」，是以典故的出處來歷所做的分類，不是詩人用典的方法。詩人在典故應用上，不只是純用「語典」或「事典」，還常將語、事混合使用，筆者稱之為「語事混合典」，故而可知詩人應用典故的方法，可以分為「語典」、「事典」、「語事混合典」三種。

[20] 後人對於蘇軾詩用典技巧也有很中肯的評價，宋無名氏《漫叟詩話》云：「東坡最善用事，既顯而易讀，又切當」（《苕溪漁隱叢話前後集》四；胡仔《苕溪漁隱叢話》曰：「東坡作詩，用事親切」（《苕溪漁隱叢話前後集》一〇），清代丁儀於《詩學淵源》序曰：「子瞻思才雄放，格律亦較為嚴密。七言歌行及五古，極似昌黎，用典使事，已入化境，惟略嫌著力耳。」（《詩學淵源》卷八）大抵都持肯定的態度。

方式而言,蘇軾作文使用典故或如一般使用典故的方法[21];或整首詩多處用典,但只用同一個典故變化出不同的詞語;或整首詩句句用典。引用典故出處方面,除了傳統的語典、事典、語事混合典之外,蘇軾還將世傳小語引為典故,可謂善於用典者。

羅鳳珠曾將蘇軾寫詩用典的類型分作五類[22],分別是:(一)以典籍內容為典(二)以個人單篇文章內容為典(三)以俗諺為典(四)以『人+事』為典(五)以己之作為典,筆者檢視蘇軾之賦的用典,多出現第一類的形式,第二類佔少數,其餘未出現在作賦之中。

三、賦前多數有「序」

賦的敘事性有兩種表現方式[23],一是有意識地虛構情節、假設人物,以對話形式敘事,二是信而有征地創作。散體大賦假設客主、一問一答的行文方式,構成賦體獨特的敘事結構[24],賦序具有敘事功能,有的賦序假設情景對話,虛構敘事內容,以揭示作賦目的,有的賦序強調紀實描寫,具有史料價值;紀行賦具有歷史敘事意

---

[21] 用典是六朝賦不同於漢賦的一大特色。因為漢賦或這是很少用典,如賈誼《弔屈原賦》,或者是明顯地堆砌一些歷史故事,如揚雄〈解嘲〉,並不像江淹的〈別賦〉和庾信的〈春賦〉,把典故融化在句子裡。

[22] 羅鳳珠:〈蘇軾詩典故用語研究〉,第五屆漢語詞彙語意學研討會,新加坡國立大學主辦,2004 年,頁 3。

[23] 胡大雷:〈從《文選》的文體觀念論《文選》賦「序」〉,《惠州學院學報》(2007 年第 2 期),頁 28。

[24] 劉湘蘭:〈論賦的敘事性〉,《學術研究》(2007 年第 6 期),頁 128。

義，相對於史書記載而言，紀行賦是另類的歷史記載；寓言賦的創作體現了作者「假像盡辭，敷陳其志」的敍事策略。賦有三個部分：前面有序，中間是賦的本身，後面有「亂」或「訊」等，序是說明作賦的原因，「亂」或「訊」大多概括全篇的大意，但然序和亂等不是賦一定要具備的架構，又王芑孫《讀賦卮言》云：

> 周賦未嘗有序，《荀子・賦論第二十六》曰論者，即以賦為論，別無論著也（今皆稱篇不稱論）。〈離騷〉、〈九歌〉、〈九章〉皆無序；宋玉賦見之《文選》者四篇，不載於《選》者一篇，皆無序，蓋古賦自為散起之例，非真序也。〈高唐〉、〈神女〉、〈登徒子好色〉三篇，李善、五臣皆題作序；漢傳武仲〈舞賦〉，引宋玉高唐之事發端，善亦題為序，其實皆非也。高唐之事，羌非故實，乃由自造，此為賦之發端。漢人假事喻情，設為賓主之法，實得宗于此。且〈高唐〉、〈神女〉諸篇，散處用韻，與賦略同，尤可微信。西漢賦亦未嘗有序，《文選》錄賦凡五十一篇，凡司馬之〈子虛〉、〈上林〉，班之〈兩都〉、張之〈二京〉、左之〈三都〉，皆合兩篇、三篇為一章法，析而數之，計凡五十六篇中，間有序者凡二十四篇。西漢賦七篇中，間有者五篇：〈甘泉〉、〈長門〉、〈羽獵〉、〈長楊〉、〈鵩鳥〉，其題作序者，皆後人加之，故即錄史傳以著其所由作，非序也。自序之作，始於東京。

由此可知：西漢以前賦皆無序，真正開始作序乃自東漢，賦序與賦本身在形式上的差別，是賦用韻而序不用韻，序句參差而賦整齊，

漢代賦序和一般散文沒有分別，六朝賦序有用駢體文寫成者。蘇軾之賦不見亂詞，而結尾部分之內容與《楚辭》型態的「亂曰」非常接近，然蘇軾賦中序文的運用卻頗為頻繁，下表是筆者對蘇軾賦作中有無寫「序」之整理：

是否有序＼篇名	篇名
有	〈服胡麻賦〉〈酒子賦〉〈灩澦堆賦〉〈後杞菊賦〉〈快哉此風賦〉〈酒隱賦〉〈洞庭春色賦〉〈菜羹賦〉
無	〈屈原廟賦〉〈昆陽城賦〉〈中山松醪賦〉〈沉香山子賦〉〈天慶觀乳泉賦〉〈老饕賦〉
律賦之體例本無序	〈明君可以為忠言賦〉〈三法求民情賦〉〈六事廉為本賦〉〈通其變使民不倦賦〉〈延和殿奏新樂賦〉〈復改科賦〉〈濁醪有妙理賦〉

所有賦作去除律賦體例無序之作，有含「序」之篇章佔了蘇軾賦作總數之一半以上。序文的運用，依其內容可分為兩種：一者賦序皆以說明其寫作動機與主旨，而賦之正文內容與序並無始末的連貫性，只是補助性的說明，序與正文無互相依存，如〈服胡麻賦〉、〈酒子賦〉、〈灩澦堆賦〉、〈菜羹賦〉；其次，序與正文之關係是相存相依，若賦無序，則主旨很難呈現，如〈後杞菊賦〉。

就賦之體裁而言，蘇軾駢賦篇幅均短，並多以二段、三段即為一篇，甚至有些在序後就直接進入正文僅僅一段，如〈酒隱賦〉、〈菜羹賦〉，俐落短小，卻不失作者欲所表達之意涵。值得一提的是：在現存蘇賦二十餘篇中，駢賦是各類賦比例中出現最多「序」的，計有〈後杞菊賦〉、〈快哉此風賦〉、〈酒隱賦〉、〈洞庭春色賦〉、〈菜

羹賦〉五篇，序的出現可以使讀者在未進入正文前而得知此賦之寫
作緣起，大概內容，理趣浮現，思維更清晰。筆者以為：蘇軾之賦
有序者為多，與蘇詞多序一樣是他在辭賦這個體裁形式結構上的一
大特色[25]，蘇軾寫賦作序，雖然不是個人首創，然而這個寫作手法
成為蘇賦相較其他宋代文人寫賦的另一標竿。

四、選擇適合之題材記物寓意

　　各家思想和題材都對蘇軾同樣充滿吸引力，以〈中山松醪賦〉
為例，松脂本為平常之物，松脂釀酒，蘇軾首創；士人懷才不遇，
在封建社會本為常有之事，但蘇軾卻把兩者加以聯繫，藉此寫出了
每次朝廷黨爭都是有才之士的一次洗劫。題小旨大，涉筆成趣，前
段正敘，後文抒發。與此相近而取材為題又如〈黠鼠賦〉、〈老饕賦〉、
〈後杞菊賦〉等均如此，議論深刻，富有啟發性，且生動靈活，變
化有致，有一波三折的筆觸。

五、具有以變濟窮的結構及化實為虛的藝術魅力

　　遇窮則變，虛實兼用的結構變化，若手法使用得宜，可是文章
撥瀾層生，出人意表，其奇幻精警處，與老莊禪宗文章章法十分接

---

[25] 蘇軾以前，詞人填詞，絕少標明題意，更沒有序以闡明詞旨，蘇軾為詞命
　　題作序，或長或短，都極精妙，是讀蘇詞的另種樂趣。

近[26]，清劉熙載在《藝概》[27]中曾說：「東坡詩善於空諸所有，又善於無中生有，機括實自禪悟中得來。」劉氏所評是蘇軾的詩，然而他的文章亦復如此，宋李塗《文章精義》[28]又云：「莊子文章善用虛，以其虛而虛天下之實；太史公文字善用實，以其實而實天下之虛。……。子瞻文學莊子，入虛處似。」其實蘇軾創造結構的過程，包括體驗生活，捕捉靈感，表現主要環節，都與他另一個身份──畫家有關，一個畫家審美創造的過程，突出之處就是感受物象的長期性和敏銳性，從物象到胸中的心象或意象的完整性和強烈性，從胸中之象到可供讀者欣賞的藝術形象之非躍性和美感性[29]，經過主體感官和審美的整合，形式之美就不再是過去既有結構的翻版和複製，而是將創造出的形體深化並加以昇華。

---

[26] 《莊子》文章的結構可以概括為散而不亂的鏈條型結構、層層深入的遞進式結構、跳躍性結構、生髮式結構等四種方式，各篇文章的結構不是單一結構的運用，而是多種結構交織在一起，在環環相扣的鏈條式結構中有跳躍性的結構，在層層遞進的結構中也表現出了環環相扣這種結構的嚴密。王麗梅：〈汪洋恣肆雋妙文心──論《莊子》內篇的結構藝術〉，《哈爾濱工業大學學報》（2005 年第 6 期），頁 66。

[27] 宋・李塗著，王利器點校：《藝概》，中國古典文學理論批評專著選輯，第一集（北京：人民文學出版社），1960 年。

[28] 同注 27。

[29] 湯岳輝：〈蘇軾文藝美學思想蠡測〉《中國第十屆蘇軾研討會論文集》（山東：齊魯書社，1999 年），頁 199。

第五章　蘇軾辭賦之美學意涵

　　在宋代文壇上，蘇東坡的名字和功績無疑是不可忽略的。他是一個在政治、學術和文學等方面全面實踐的複合型人才，他曾官居顯要，而能「以風節自持」，忠直敢言，為人所敬重，他不僅於詩、詞、文、賦、文學批評等領域都取得了引人注目的豐碩成果，而且參與並領導了風靡一時的北宋詩文革新運動。東坡創作中之雄視百代而最能傳其風神者，當首推〈赤壁〉二賦，其賦中以水月為喻，渾化釋道思想，議論中猶見詩情，圓融無礙，理路高邁，早為文家所稱道。蘇東坡於賦的開創性亦是人所共知的，在他的手中「成文賦開山之功」。故本文欲以其辭賦作品為審美物件，試探討在其賦中的表現，筆者依東坡辭賦篇章結構之特色分情韻、結構、語言、對比作探析。

第一節　情韻美

　　俄國形式主義學者愛森堡曾說：「藝術之所以為藝術，並不在於所使用的材料性質，而是在於其如何使用。」因乎東坡善於隨文

設色,故其語言辭采豐富,舉凡新奇、工麗、詼諧、精巧之表現,皆得以生成強化之刺激信息,觸動吾人之審美感受。譬如〈沉香山子賦〉、〈菜羹賦〉、〈酒子賦〉等,也都是托物寓意,文中頗採俚俗之語,妙筆綴合,自顯東坡真切坦率之情,感物而吟志的詼諧之趣,詳審東坡作品題材多元化、生活化是東坡辭賦的另一特色。就東坡辭賦創作的題材來看,東坡在題材內容上一反漢賦執著於遊獵、京都、宮室、山川的鋪張揚厲地描述,亦不同於六朝賦家借登臨、憑弔、悼亡、傷別而抒寫一己之情,他喜歡描寫親身經歷之境和所見所聞的趣事,又愛好捻出身邊的細事微物,從蘇東坡現存賦看,抒情賦占了相當大的比例,多數賦作確實具有情韻之美。

眾所周知,蘇東坡的文學思想,雖然是從韓愈學古開始,但卻有別於韓愈,特別是在對於「道」的內涵的界定上有較大的不同。唐代古文運動之「道」主要指儒家的禮治秩序、倫理關係,即孔孟之道。而蘇東坡之「道」卻強調「道」的實踐性品格,他曾說:「君子之於學也務為道,為道必知古。知古明道,而後履之以身,施之於事,而又見於文章而發之,以信後世。」又以其師歐陽修所說:「孔子之後,惟孟軻最知道,然其言不過於教人樹桑麻、畜雞豚,以謂養生送死為王道之本。……而其事乃世人甚易知而近者,蓋切於事實而已。」為本,由此可見蘇東坡最重視的是貼近現實政治和實際生活的「道」。蘇東坡論文,強調明道尊韓。他既繼承和發展了韓愈、柳開等人的主導傳統,又能克服其重道輕文的片面性。他不僅摒棄了前人言道只論三綱五常的保守性,更對「道」作了現實的解釋,即「百事關於心」,便是文章之道,進而還提出「道勝者文不難自至」的重要觀點,他分析了一般文人學士學「道」不能至

的原因：「非道之遠人」，而在於他們脫離現實的社會生活，「棄百事不關心」，從而說明文學不能脫離現實生活，強調「道」必須與實際生活中的「百事」相關係；遠離現實生活，對現實生活沒有熱情的人是寫不出好作品的。因此，蘇東坡各賦篇裡，突出了文章的情感因素，從而把抽象的、理性的「道」轉換為具體的、實在的、充滿感情內涵的「道」，在這樣的文學思想下，他的散文抒情性特別濃。

　　蘇軾是繼歐陽修之後又一文壇革新的主將。由於他在政治上的沉浮，因而對文學的本質特徵有了更多的精當闡述，他的辭賦觀在宋代文人中最具代表性，並影響了一代人的創賦傾向，他在〈謝秋賦試官啟〉中對宋初以來「場屋後進，挾聲伎以相誇；王公大人，願雕蟲而自笑」的現象給予了猛烈的抨擊，並對揚雄卑視辭賦的觀點痛加駁斥，認為有積極內容的辭賦並非雕蟲小技，而那些一字一詞皆模仿經、集的作品諸如揚雄的〈太玄〉、〈法言〉之流才是雕蟲篆刻。

　　蘇軾論文主張「以意為主」，渠並通過〈日喻〉一文形象具體地闡明所謂「道」乃是存在於人們生活實踐中的事理，正因如此，他論賦持論公允，不流於偏狹，例如對於陶潛的〈閑情賦〉，蕭統認為是「卒無諷諫之義」，為「白璧微瑕」，蘇軾則認為「淵明〈閑情賦〉正所謂國風好色而不淫，正使不及〈周南〉，與屈、宋所陳何異」，將〈閑情賦〉視為與屈原、宋玉托事以諷相類的辭賦作品。

　　要之，蘇軾對於同時代人有為楚辭傳統的作品，都有給予了很高的讚譽。他稱吳秀才〈歸風賦〉「興寄遠妙，詞亦清麗。」贊文與可〈超然台賦〉「意思蕭散，不復與外物相關」，乃〈大人〉、〈遠

遊〉之流，在〈書鮮於子駿楚辭後〉一文中，更是深情地表達了自己對楚辭為代表的抒情言志作品的愛賞，他說：「今子駿獨行吟坐思，寫寞於千載之上，追古屈原、宋玉，友其人於冥寞，續微學之將墜，可謂至矣。」一句話，辭賦亦如詩文，皆應「有為而作」、「求物之妙」，即劉熙載所言「有關著自己痛癢處」。

而蘇軾的辭賦作品大體上都實踐了他的論賦主張。前、後〈赤壁賦〉所包蘊的人生體會自不待言，即蘇軾的一些表現世俗生活的作品，也無不隱伏著其個人的情志，如〈菜羹賦〉，其主要部分是言菜羹的製作，敘述得津津有味，具體而微，這在賦體文學中是別緻的。然後作者由此伸發開去，說出自己「忘口腹之累」，「無患於長貧」的生活態度，表現了蘇軾身處逆境而曠達不拘的情緒[1]；〈秋陽賦〉通過對秋陽的讚美，對夏日霪雨成災的描寫，流露出對民間疾苦的關注，也表現了作為一名地方官的清廉。在宋賦中，此類托賦諷世之作甚多，如梅堯臣〈述釀賦〉慨嘆世俗的澆薄；歐陽修〈憎蚊賦〉的抒己的「屢困不已」；王安石的〈思歸賦〉的敘寫世途的艱難；黃庭堅的〈苦筍賦〉、張豐的騷體賦等，無論是借題發揮，或是直寄其意，無不「芥蒂於中而發於言」有痛癢在焉。再者，蘇軾對於古賦精神的張揚和實踐，不獨見於文章革新家，也見於重道輕文的理學家。如朱熹雖然出於理學家的立場，對於屈原之為人不甚認同，認為「其志行」，「過於中庸而不可以為法」；「其辭旨」，「或流於跌宕怪神怨懟激發，而不可以為訓」，但仍然「不敢直以詞人之賦視之」，他又說：「屈、宋、唐、景之文，熹舊亦嘗好之矣。既

---

[1] 樊德三：〈論蘇軾關於文藝的美學特徵〉《東坡研究論叢》第三輯，成都：四川文藝出版社，1986年，頁188。

而思之，其言雖侈，然其實不過悲愁、放曠二端而已。日誦此言，與之俱化，豈不大為心害？於是棄絕不敢復觀。」話雖如此說，然而一旦他也厄於權奸，在不得施其道於當世的情況下。

　　蘇東坡眾篇賦反映其個人哲學、政治、文學思想上，蘇賦既重儒家的道德觀念，亦重道家的自然境界和佛家的心靈妙諦。但東坡對佛老的虛無思想並非是全盤承繼，他對佛家的懶散和道家的放逸都有所警惕。他曾在〈答畢仲舉書〉中說：「學佛、老者，本期於靜而達。靜似懶，達似放，學者或未至其所期，而先得其所似，不為無害。」在政治上，他對國對民是以儒家思想為主，始終堅持崇尚實用、利國澤民的原則，始終採取積極入世的態度；又由於他吸收了佛老之長，從而能樂觀曠達，對自己所處的險惡處境，多採取佛家道家隨遇而安的處世態度。最明顯的是在烏台詩案遭到幾乎致死的打擊後，他從老莊的返樸歸真哲學中得到精神寄託，隨遇而安，安貧樂道。在文學創作上，由於蘇軾身兼作家、哲人和政治家，宋代又是一個尚哲思的時代，更兼蘇軾個人的特殊遭遇，使他從未停止過對社會、時代、人生等重大問題的哲理思考，加上蘇軾「萬物皆理」、「物我同一」的人生觀，使他在觀察自然界的一草一木、一山一石、一花一鳥，就無不具有了理性，甚至日常生活的一舉手、一投足間，也往往代有了哲理思辨的性質。

　　宋人好議論，蘇東坡亦以議論見長，其人議論具有一種雄辯的氣勢和化隱為顯的形象狀述力，尤其值得注意者，它帶有深邃的哲理思辨色彩。〈前赤壁賦〉便提出變與不變的關係，認為從變的一面看，「天地曾不能以一瞬」；從不變的一面看，「物與我皆無盡」。蘇賦無論是描摹山水或敘寫游興，都往往馳騁遐想，靜觀萬有，因

物發端,即事明理,提出有關宇宙、人生、社會的種種問題,推演
出醒迷警世的論斷。東坡這種人生哲學的妙諦,融入文學作品中,
就形成為特有的機趣無窮的哲理思維色彩,這就是蘇軾異於且高於
其他作家之處。蘇軾辭賦作品中充份表現出較強的思辨性、哲理
化、議論化的現象,正是蘇賦是充分汲取了時代營養而應運開放的
春花,就蘇軾的賦中最高成就的前、後〈赤壁〉二篇,融詩情、畫
意、哲理、賦韻四者於一爐,〈赤壁賦〉首段,蘇軾用詩的筆調,
寫出了長江月夜的寥廓、寧靜:

> 壬戌之秋,七月既望,蘇子與客泛舟遊於赤壁之下。清風徐
> 來,水波不興。舉酒屬客,誦明月之詩,歌窈窕之章。少焉,
> 月出於東山之上,徘徊於斗牛之間。白露橫江,水光接天。
> 縱一葦之所如,凌萬頃之茫然。浩浩乎如憑虛御風,而不知
> 其所止,飄飄乎如遺世獨立,羽化而登仙。

　　蘇軾描繪了一幅風月中江山的廣闊畫面,並給它塗上了一層朦
朧而奇幻的色彩[2]。上面是一輪皓月,下面是萬頃碧水,月光如煙
霧般籠罩水面,清風徐徐吹拂,一葉扁舟如一片葦葉,輕浮水面,
任其所之,小舟順江飄流,此時江風、月色與他遺世獨立的精神交
會成一種新的情境,使他能夠體驗到人生的真意,這是何等歡適之
情感;〈後赤壁賦〉全篇更是以寫景為主,蘇軾前一次遊赤壁是初
秋七月,這一次遊赤壁是在同年初冬十月,前後兩次相隔雖只有三

---

[2]　陳華昌:〈詩情與哲理的交響曲──蘇軾文學散文藝術美淺探之一〉《東坡
　　研究論叢》第四輯,成都:四川文藝出版社,1986 年,頁 18-21。

個月，但卻已是一樣風月，兩種境界，前賦字字秋色，後篇句句冬景。賦文云：

> 霜露既降，木葉盡脫。人影在地，仰見明月。……江流有聲，斷岸千尺。山高月小，水落石出。

對赤壁之冬景，有著簡潔精煉、形象動人的描繪。這些辭賦作品生動地描山繪水，於是蘇軾在自然山水的觸發下，由景生情，由情入理。將寫景、抒情、說理三者，巧妙結合，情景交融，蘊含哲理，充分顯出從清風明月中去尋求解脫的曠達胸懷，上揭二賦如詩如畫，意象絕美，理趣高妙；就寫景而言，有江山風月。就抒情而言，有悲歡喜樂。作品寫景抒情，情因景生，做到了情景交融；由情入理，理因情起，做到了情韻相彰，在這篇千古傳頌的名篇中，優美動人的景色是觸發情感的契機，而對人生意義的探索與思考則成了感秋傷時情懷的理性升華，使人讀後能在領略自然景物的情韻、感受作家情感的同時，獲得一種意義雋永的哲理性的啟迪，將自身心境栩栩如生反應，躍然紙上，藉此在失意於仕途，於是放浪於山水風月，在自然界中尋求慰藉。前後〈赤壁賦〉中，蘇軾通過赤壁泛舟夜游，寫清風秋水明月，寫歌聲優美動人，引出主客問答，反映了作者貶官後思想感情上存在的矛盾糾葛和曠達樂觀的精神，同時也曲折含蓄地表達了作者內心的不平和苦悶。賦中所設的主客問答，其實表現的都是作者的思想，可以說是自己與心靈深處的自我的對話，呈現出作者用曠達樂觀的思想來擺脫現實人生苦悶這一心

靈交戰的過程[3]。先是蘇子歌曰:「渺渺兮予懷,望美人兮天一方」,
然後借客人寫出「哀吾生之須臾,羨長江之無窮」的悵惘,抒發了
作者政治上遭逢貶謫的失意和苦悶;蘇東坡再借水月為喻說出人
生、宇宙變與不變的玄理,提出所謂「物與我皆無窮」,應與「造
物者」、「共適」的觀點,表達了排解悲觀厭世的苦悶,從自然山水
美景中尋求解脫的曠達精神。蘇軾這一篇賦的問對手法,極像〈漁
父〉一文的問對手法,都是自己與自己裡的自己的對話。我們可以
說:〈赤壁賦〉的客與〈漁父〉中的漁父,都是蘇東坡、屈原的另
一個化身。「蘇子」與「客」,並非是辯難的雙方,而是代表了東坡
思想矛盾的不同側面。「客」的議論表現是作者的深刻思想矛盾和
對人生悲劇的感喟;「蘇子」的話,則是一種哲理化的解脫。從這
一問對中,可看出蘇東坡複雜、矛盾的心理活動[4]。

　　〈後赤壁賦〉中的蘇子,因為「仰見明月,顧而樂之」,萌發
了夜遊赤壁的念頭,轉瞬之間,面對「月白風清」的良夜,竟然覺
得「悄然而悲」,甚至感到「凜乎其不可久留」的內心深處的寒冷,
可見,連他自己都沒有查覺到,在他的心中竟然還埋有那麼多沉重
的負荷!他的內心平衡竟是那樣脆弱而經不起任何一點誘發因素
的撩撥。〈酒隱賦〉中,一開篇便歎道:「世事悠悠,浮雲聚漚。昔
為濬壑,今為崇丘」,亦道出了他在黃州的政治遭遇,這些都為我
們展示了蘇軾貶黃期間痛苦莫名的心靈。

3　周子瑜:〈東坡二題〉《東坡研究論叢》第三輯,成都:四川文藝出版社,
　1986 年,頁 207-208。

4　丁永淮:〈蘇軾黃州活動年月表〉《東坡研究論叢》第三輯,成都:四川文
　藝出版社,1986 年,頁 247-250。

　　然而如果僅僅是一味愁苦而不可自抑，那決不是蘇軾。蘇東坡的人格及作品，受到中外的熱愛至今千載未歇，其中最關鍵的就是曠達樂觀的處世態度，誠如喻世華云：「赤壁三詠之所以閃耀著永恒的藝術魅力，成為人類精神領域的高峰，關鍵在於作者曠達而又執著的探索精神。在險惡而淒苦的環境面前，在進取與退隱、出世與入世、宇宙與人生的多重矛盾中，在看不見任何出路、尋找對話卻無人對話的尷尬處境中，作者尋找遠逝的古人與無言的山水進行心靈的自我探視和傾訴，認真探索自我與社會、人生與自然、主體與客體、永恒與短暫的多重關係，為自己尋找解脫與超越之路。」蘇東坡是一位隨緣自適，善於解脫的達士，雖然在曠達之下深藏著苦悶，然而他的苦悶總是在曠達樂觀的精神態度中得到超越、消解。東坡創作中之雄視百代而最能傳其風神者，當首推〈赤壁〉二賦，蓋其炯炯雙眸也，其餘諸作，如〈灩澦堆賦〉、〈屈原廟賦〉、〈黠鼠賦〉、〈秋陽賦〉、〈洞庭春色賦〉、〈中山松醪賦〉等均相當於「眉後三紋」，這些作品的內容所包羅的生活面相當廣闊，他一生經歷的地方山川風土，名勝古跡，所交接的人物及涉及的事物，以及通過一切事物所展現的精神狀態，都有真實而具體的反映。

　　由前述可知，蘇軾的辭賦作品大抵不外乎抒寫作者日常生活的情感意緒，而且這情韻綿緒是那樣的平和悠然、安適恬然、深婉細膩，相對於他的政論、史論而言，確實沒有什麼深刻的主題和見解，但他能發掘乎凡的生活物事的內蘊，從中提煉那些最能準確表現自己感受的情感線索，因而其情感特徵最具宋代的士大夫氣、文人氣，與其沉穩平靜之心性相一致。經由諸篇賦的觀照，對蘇東坡為

賦的面貌,有了明晰的認識,蓋由於他博大超塵的才華性情,自然而然在文學上便不肯墨守常規,拘泥形式。故雖作賦體卻不尚敷排、不干諷喻,便是問答形式之運用也能自創新格。至於遣詞造句,當散則散,可駢則駢,率性隨志。蘇軾文賦靈活不拘,光華動人之作品,肯定了他形式改革之成就,正如徐師曾論賦須學古一段話:「其賦古也,則於古有懷;其賦今也,則於今有感;其賦事也,則於古有觸;其賦物也,則於古有況。以樂而賦,則讀者耀然而喜;以怨而賦,則讀者俛然以吁;以怒而賦,則令人欲按劍而起;以哀而賦,則令人欲掩袂而泣。動蕩乎天機,感發乎人心,而兼出於六義,然后得賦之正體,合賦之本義。」其諸賦均以「詞達而已矣」奉持的創作理念。當然,他所謂的詞達,並不是文詞通順的層次,而是文心雕龍神思篇所謂「物無隱貌」的境界。此外,更因蘇軾賦性豪邁浪漫,資稟不凡,才氣橫溢,揮灑出之,有如天馬脫羈,束縛不住。其表現在辭賦方面,時而駢儷又兼散體,隨情任性,「文情韻美」表現淋漓盡致。

第二節　結構美

「情韻美」是蘇東坡為賦的核心,然而這種情韻美具備的結構藝術、平易自然的語言運用相統一而形成的。就形式結構而論,楚辭之卒篇往往系之以「亂曰」、「重曰」、「少歌曰」、「倡曰」之類,以約括全篇旨意,而蘇軾諸辭則不見用。殆自六朝以來,辭賦已罕

見俱有辭詞者，相仍成風，而遠於前人之立制。此外，楚辭敘事寄懷，或舒徐宛轉，或激昂憤懣，然無不描寫細微，刻劃深刻，反覆致意，故多長篇；自魏晉以來，短賦便取代巨麗長篇，成為賦體主流，而蘇軾諸篇古賦也都是兩三百字的小巧清新之作，與漢賦之宏構實已相遠。至於賦體之結構，始則有序，中為賦之本文，於末又有亂詞。誠如《文心雕龍‧詮賦》所言：「既履端於倡序，亦歸餘於總亂。序以建言，首引情本；亂以理篇，迭致文契。」然而序及亂詞並非賦篇所必備，如蘇軾諸賦便全不見亂詞之設，但序文之運用卻頗為頻繁，其中〈灧澦堆賦〉、〈服胡麻賦〉、〈酒子賦〉都立序文以明作賦之動機與主旨，但序與賦文並無始末原委的連貫性，只是輔助性的說明，二者自成脈絡，不互依存。

　　宋賦亦分律賦與古賦。但因賦之形式演變較詩更為複雜，故此間「古賦」名義便含攝了後人所謂的漢代古賦、駢賦、文賦三者，駢賦與古賦、文賦之間，因句法結構有偶儷與散行之別，極易區辨；而古賦與文賦便較難梳理。就宋代賦家之主觀意識而論，所謂文賦即是古賦，但後人又以其不類而別立文賦一項。而將蘇軾之散體賦一併歸於文賦，惟列其騷體者有〈灧澦堆賦〉、〈屈原廟賦〉、〈服胡麻賦〉、〈酒子賦〉四篇；抑或不用「兮」字，但實質是騷式的六言組織者——如中山松醪賦，為本節探討的對象。

　　各時代有各時代之思潮，各時代有各時代之風尚，便是同作騷體，宋代亦不能保有漢代之面目，更由於蘇軾天才過人，個性突出，橫鶩別驅，自創一調，風格亦卓然不群。騷體辭賦的體式特點，亦在於它的表述方式不借助問答而直接陳述。蘇軾的騷體亦承繼了這樣的直陳表述方式，〈灧澦堆賦〉、〈屈原廟賦〉、〈服胡麻賦〉、〈酒

子賦〉等皆不用人物的問對引起、轉換和總結全文，而是採用騷體的直陳表述方式，然而要說明的是：辭賦發展至宋代，其內部的各種體式皆有互相影響，彼此滲透的現象，蘇軾的〈屈原廟賦〉便是一例，這篇騷賦借用了散賦設辭問答的表述方式，體式取騷，內容卻借蘇軾與屈原靈魂的問對展開，可以看作是散賦表述方式與騷賦形體句式的一種結合。在歷代騷體辭賦中，有序者並不多見。宋詞之有小序，起自於蘇軾，喜歡在創作主體之前加敘述說明文字在蘇軾的騷體中，在蘇軾的騷體中，有亂詞或者類似於亂詞的文字形式者有〈屈原廟賦〉：「嗚呼！君子之道，豈必全兮。全身遠害，亦或然兮。嗟子區區，獨為其難兮。雖不適中，要以為賢兮。夫我何悲，子所安兮。」；〈服胡麻賦〉：「嗟此區區，何與於其間兮。譬之膏油，火之所傳而已耶？」；雖然亂詞是騷體重要的特徵之一，在具體的作品中，有無亂詞又不那麼絕對，蘇軾騷體像〈中山松醪賦〉、〈酒子賦〉就沒有亂詞。總之，蘇軾騷體辭賦的結構大體是承繼歷來的結構傳統，其騷體或有序而無亂，或有亂而無序，或二者皆無之。相較於散賦多用散句的特色，騷體句式的特色便是棄散用整。而且騷體的基本句式多取自楚辭的成例，少有創新和變化，主要句式歸納為三大類：

1. 以六言句為主，奇句句末必綴「兮」字。

2. 以五言及六言為主，每句中必有「兮」字。

3. 以四言為主，偶句句末以「兮」字湊足，去「兮」字實為四三句型；或實為四言，奇句或偶句句末因綴「兮」字（或「些」、「只」）而成五言，。

　　騷體的基本句式，大致不外乎這三種。蘇軾的騷體作品有專取某類句式而一以貫之者，亦有同時交替使用各種句式者，專取一類句式者如〈胡麻賦〉：「我夢羽人，頎而長兮。蕙而告我，藥之良兮。」大都以「四，三兮」句式構篇，另〈中山松醪賦〉：「隤松明而識淺，散星宿於亭皋。鬱風中之香霧，若訴予以不遭。」則是用「六兮，六」的句法，而棄「兮」字不用，此乃蘇軾採用離騷句法而略加改造者亦以棄「兮」字不用的「六兮，六」句法作為構篇的骨架。

　　除了上述專取一種句法之作品外，亦有綜合使用各種句式者，如〈屈原廟賦〉同時採用了「六兮，六」句式，如「浮扁舟以適楚兮，過屈原之遺宮」。大體上，賦的主體部分以六言句式構成，亂詞部分則使用四言句式。總而言之，蘇軾結構方面，承繼歷來的結構傳統，其賦體或有序而無亂，或有亂而無序，或二者皆無之。表達方式方面，承繼了傳統騷賦直陳的表述方式，然亦有吸收散賦設辭問答的表述方式，可以說是學古而開新。

　　此外，句式組織之活潑，乃是蘇軾古賦一個極為突顯的特性，其間有整齊規則如〈服胡麻賦〉者乃以四、四言句，通篇一式，全然恪守騷體法度，如「我夢羽人，頎而長兮。惠而告我，藥之良兮。喬松千尺，老不僵兮。流膏入土，龜蛇藏兮。得而食之，壽莫量兮。」其次如〈酒子賦〉，首雖採三字句，惟大體而言，係以騷體之七、六言句為張本，如「米為母，麴為父。烝羔豚，出髓乳，憐二子，自節口。餉滑甘，輔衰朽，先生醉，二子舞。……。吾觀釀酒之初泫兮，若嬰兒之未孩，及其溢流而走空兮，又若時女之方笄。割玉脾於蠶室兮，氄雛鵝之毿毿，味盎盎其春融兮，氣凜冽而秋淒。」再則如〈中山松醪賦〉，氣勢之流貫，造詣之平易，是已遠於楚騷

之韻味，渾然是散體的情調，如「始予宵濟於衡漳，軍徒涉而夜號。
燧松明以記淺，散星宿於亭皋。鬱風中之香霧，若訴予以不遭。豈
千歲之妙質，而死斤斧於鴻毛。」又如〈屈原廟賦〉，進而又擺落
句式長短之限制，但隨文意而伸屈。雖句子長短參差，但每於句中
置一「之」、「而」、「於」等虛字，使語氣得以迴轉頓挫，仍屬騷體
句法，本賦句式誠已至為自由「自子之逝今千載兮，世愈狹而難存。
賢者畏譏而改度兮，隨俗變化斲方以為圓。黽勉於亂世而不能去
兮，又或為之臣佐。變丹青於玉瑩兮，彼乃謂子為非智。惟高節之
不可以企及兮，宜夫人之不吾與。違國去俗死而不顧兮，豈不足以
免於後世。」句式方面，蘇軾能靈活運用各種騷體句式，再夾入散
文句式，隨意短長，自由靈動。

　　至於用韻方面，大體以「兩句一韻」為則，要之，蘇軾把「以
文為賦」的創造精神帶入騷體領域，以寫散文的手法寫騷體，使源
遠流長的騷體辭賦壇變出新的格局，放射出新的光彩，其行文有如
長江大河，隨高陵低鄘，或瀑瀉，或容與，隨山崗岑巖，或曲折，
或縈繞，造詞遣句，遇有紛陳並峙者，則不期其偶而自偶；若是一
峯孤企處，則不期其奇而自奇。故其諸篇賦作，往往是駢散兼出，
錯綜為用，又何嘗不是重要的結構特點。

　　又從句法之變嬗無方以觀之，可以瞭解到，蘇軾作文並未嘗囿
於刻板的形式規範，而是隨物以賦形，意到而筆隨，故可作四、四
言，可以作七、六言，也可以任意短長，蓋雄文大手，自是拘束不
得。且能在短篇中盡往復參差之美，非文章高手所難為。曹明綱《賦
學概論》云：「從用韻情況來看，騷賦比較規律，與辭賦大多隨意
者迥別。其規律表現在用韻多兩句一韻，一般不論「兮」字在奇句

還是在偶句句末，都在偶句句末押腳韻。」〈屈原廟賦〉全篇乃屬「轉韻」之例，全篇共用十個韻，轉韻九次。全篇以「兩句一韻」為最常見，又〈中山松醪賦〉全篇乃屬「獨韻」之例，全篇以豪韻一韻到底。全篇皆採「兩句一韻」之韻例。在用韻方面，大體以「兩句一韻」為則。總之，蘇軾把「以文為賦」的創造精神帶入騷體領域，用寫散文的手法寫騷體，使源遠流長的騷體辭賦壇變出新的格局，放射出新的光彩。

　　駢賦又稱俳賦，名曰「駢」或「俳」，駢文的特徵概括為「同樣結構的詞句之兩兩并列」、「詞句講求對偶」、「音韻協調」及「用典使事，雕飾藻采」四點。據筆者以為蘇東坡古賦駢體表現作品有：〈酒隱賦〉、〈洞庭春色賦〉、〈菜羹賦〉、〈老饕賦〉等四篇，另駢賦在用韻方面與其他韻文一樣，押句末腳韻，僅注重句內的聲調有別；與辭賦不同；但它在層次轉遞時常用辭賦的「於是」、「爾乃」等連詞，並棄用帶「兮」字的騷體句式等，又與騷賦相異。

　　駢賦的句法，係以四字句與六字句為基本句法，在寫作中很容易出現繁縟、堆垛、板滯的缺點。蘇軾駢賦大體看來極為工麗，其句法的使用雖然變化不多，然而在每一作品中，都可看到他突破四六偶對的寫法，注入散文氣勢，因而矯正了板滯的缺點。〈酒隱賦〉賦末云：「使其推虛破夢，則擾擾萬緒起矣，烏足以名世而稱賢者耶？」；〈洞庭春色賦〉開篇：「吾聞橘中之樂，不減商山。豈霜餘之不食，而四老人者遊戲於其間？」結尾：「覺而賦之，以授公子曰：『嗚呼噫嘻，吾言夸矣，公子其為我刪之。』」；〈老饕賦〉：「美人告去已而雲散，先生方兀然而禪逃。」這種句式上的不囿一體，正反映了蘇軾駢賦的運轉自如，頓挫有致的特色，而與上述騷賦一

樣，蘇軾總喜歡在結束全篇之時，加上看似有意的破體的點睛之筆，使板滯的句式頓覺風生靈動，其駢賦的句式結構，是一種比較外在的形式對仗，如單句對、偶句對、長偶對、當句對等。

關於蘇軾駢賦的句式對偶，只有運用基本的單句對及當句對兩種，在四篇駢賦中並無隔句對及長隔對的使用，誠為特殊。然整體觀之，他的駢體僅僅使用極為基本的單句對和當句對，所以其作品並不恪守前人矩矱，而是經常損規則以就文氣，行文以氣勢盛，一脈流貫而下，並不刻意去遷就規矩，但並非棄絕駢體，而是以古文之氣勢行於駢偶之句子讓人讀來頗覺流轉自然而無駢賦之板滯凝重[5]。誠如清・孫梅《四六法海》評：「東坡四六，工麗絕倫中，有意擺脫隋唐至五代蹊徑。以四六觀之，則獨闢異境；以古文觀之，則故是本色，所以奇也。」而這樣的風格正是蘇軾「文理自然」、「非勉強所為之文」、「自出新意，不踐古人」這些理論主張的具體實踐。駢賦體用韻，以偶句用韻即隔句押韻為普遍之韻例，一是根據行文便利隨時換韻；另是按內容遞進的層次作為用韻的轉換機會。駢賦這種用韻規律，既使作品有一種音樂的流轉美，同時也為後人理解文章的層次結構提供了方便。蘇軾駢賦的用韻大抵採用「隔句押」之韻例，全篇賦文的押韻主要可分為三類：一獨韻，二通韻，三轉韻。

駢賦的另一大特徵便是用典繁巧。蘇軾不喜以廣引博徵相銜異，然非不能用典者，在他的駢賦中亦有繁用成語以入文者，然其手法高妙者，推陳出新，遂為駢賦開拓另一新境界。例：〈酒隱賦〉

5　王文龍：〈蘇軾散文藝術探微〉《東坡研究論叢》第四輯，成都：四川文藝
　　出版社，1986 年，頁 31。

詳舉了一系列求隱、飲酒的著名典故，如伯夷、叔齊、尾生、阮籍、劉伶等，皆是大家耳熟能詳的故事。

蘇軾的律賦作品有：〈復改科賦〉、〈通其變使民不倦賦〉、〈明君可與為忠言賦〉、〈三法求民情賦〉、〈六事廉為本賦〉、〈延和殿奏新樂賦〉等六首。關於律賦的研究，歷來不受重視，因為律賦在篇章、聲韻、偶對等方面有諸多之限制，而有帶著鐐銬的舞蹈之譏。律賦取士，命題以外，限韻與平仄的嚴格要求，的確很能見出士子知識、技能等文化素養和文學功底。蘇軾反對進士考試廢詩賦，以此，在元祐初年他有意以律賦的創作來推展自己的試賦主張，因此留下了不少作品。律賦是一種應試而產生的文體，亦稱「試賦」或「進士賦」。作為考試文體，律賦與以往各類形式的賦作不同，首先在於它是命題之作。命題之方式，在一般的情況下，皆由主考官擬定，在某些特定情況下，才由天子命題。然而，律賦不僅僅是一種考試文體，同時亦是一種文學體裁，有著自身獨立的文學特質，從而與科舉考試產生偏離的現象。蘇軾現存的律賦皆非應試之作，而是用以抒發個人情感、議論時政或應酬奉答之作，〈復改科賦〉、〈通其變使民不倦賦〉、〈明君可與為忠言賦〉、〈三法求民情賦〉、〈六事廉為本賦〉、〈延和殿奏新樂賦〉乃在京議論時政、侍君講讀之作，以上作品皆蘇軾自己命題，其題材與其生活或政治密切相關，具有強烈的現實政治針對性，由於脫離了科舉考場命題的束縛，思想格調和形式技巧比皆較自由活潑。蘇軾的律賦內容有強烈的現實針對性，用策論的手段，施之於賦中，橫說直說，論理滔滔，筆力雄肆，氣勢盛於前賢，乃是律賦的一大革新。

　　律賦作賦限韻，是律賦與其他類型賦作的基本區別。而限韻的目的，則全在於試賦的需要，賦的限韻，主要在於用韻類數的多寡、平仄、次序。大體而言，唐代限韻寬泛，宋代則甚為嚴格。關於押韻的韻數，蘇軾的律賦全部都是押八韻，其韻腳尚可見的有〈通其變使民不倦賦〉以「通物之變民用無倦」為韻、〈明君可與為忠言賦〉以「明則知遠能受忠告」為韻、〈三法求民情賦〉以「王用三法斷民得中」為韻、〈六事廉為本賦〉以「先聖之貴廉也如此」為韻、〈延和殿奏新樂賦〉以「成德之老來奏新樂」為韻。這些韻腳全題在蘇軾律賦題下，這八字既是全篇的綱目，又是該賦的限韻，全文即以這八字為韻腳，表現了用韻的熟練技巧蘇軾的律賦是基本符合平仄聲律規範的。當然蘇軾亦偶有跳脫平仄規律之時，然而他的律賦和駢賦相較起來，要顯得「音律諧協、對偶精切」許多。蘇軾是反對科舉廢詩賦的，元祐初年尚未恢復詩賦取士，所以這些律賦作品除了是他議論時政的載體外，當時他已繼歐陽修而成為當時之文宗，蘇軾或許有意藉寫作律賦來帶動律賦的寫作風氣，並作為重新以詩賦取士的暖身示範，雖然蘇軾寫作不喜受格律音韻之束縛，此乃眾所皆知，然而值得一提者是：即使像律賦嚴格講求限韻、聲律之限制，亦無法包縛蘇軾之文思，他能使聲韻格律為我用而不為我累，而創作出為數不少的優秀律賦作品。

　　在蘇東坡律賦的句中，可以發現蘇軾律賦的句式亦兼有散句、騷句、駢句，各種連接詞，如原夫、故、議夫、所以、大凡、自是等，也都靈活運用，並不避免。主要以駢句為主，各種句法靈活運用，氣勢奔放自由，運筆遣辭極富散文氣息。其使用的句式雖以四六為主，卻又不局限於四六，其句子字數、形式都有很多變化。除

了使用駢體常用的四四單對、六六單對、四六輕隔對、六四重隔對的句法外，蘇軾律賦還有四五隔句對、四七隔句、四十隔句對、五百隔句對、七七單句對、七四隔句對、八八單句對、九九單句對、十十單句對等。蘇軾律賦異於其駢賦最大的特色乃在於隔句對的使用，幾乎所有隔句對如輕隔、重隔、疏隔、密隔、平隔、雜隔都用上了，除了各種隔句對交互運用外，他更搭配短單句對及長單句對的使用，句法組織靈活多變，給人一種整而不板、駢而不滯的感覺。他以散文手法來創作律賦，為呆板劃一的程式注入了一種新的活力，增添了作品的氣勢，真所謂「律賦之創調也」。

　　律賦在篇章結構方面，特別注重起承轉合、分層遞進、首尾呼應等結構技巧，以其在有限的篇幅內層次井然地顯示應試者的學問和才華，題名金榜。所謂破題，是指賦的起法，它最能集中體現出作者對有關題意的審視、理解程度，以及由此發端的整篇運思、布局，乃至文字的工拙。唐人律賦首重破題，他們往往根據一篇作品的破題來比較優劣，甚至據此決定舉子的進黜，此風宋代亦然。蘇軾的這幾篇律賦都能在賦作的開始幾句，就把題意揭露出來，如〈通其變使民不倦賦〉揭題云：「物不可久，勢將自窮。欲民生而無倦，在世變以能通」；〈明君可與為忠言賦〉以「臣不難諫，君先自明。智既審乎情偽，言可竭其忠誠」破題，均能作到出落明白，冠冕涵蓋地對題目作出簡明扼要的解釋，以及對內容有一種包舉領挈的作用。破題之外，蘇軾的律賦亦講究作品的層次結構，常見的布局是就題意分層，或利用換韻來安排層次、謀篇立意，還能利用韻腳一平一仄的轉換來安排層次、轉換賦意，如〈復改科賦〉一文起承轉合、脈絡分明，先是起以「復詩賦以求賢」破題；承以闡揚以賦取

士的優點，說明試賦不可廢；轉云新法太學三舍法的弊病，說明新法當廢；最後則寫改革的呼聲，並希望哲宗皇帝能採納忠言，恢復辭賦取士作結。至於賦的結尾，乃全篇的精神，必須與起始呼應，一氣貫串，方稱佳妙。

而蘇軾的最大貢獻在於「文賦」體裁的確立和運用。賦創作經驗和形體特點的基礎上，更融入了當時古文創作講求實效、靈活多變的特色，從而在形體方面形成了韻散配合、駢散兼施、用韻寬泛和結構靈活的新格局。它的篇幅長短皆宜，句式駢散多變，創作不拘一格，題材無往不適，用途寬廣無礙，是以前任何一種形式的賦體所不能同時具備的，文賦異於漢代散賦的內容以體物諷諭為主，蘇軾文賦則一派任情率性，再少觸及傳統賦作最重視的諷喻之旨，代之以對個體生命與自然宇宙之關係的思索，並漸重及人情物理的觀察，生活情趣的體會，我們觀其文賦內容，往往融敘事、狀物、抒情、寫景、論理於一爐，構思靈活，並以議論說理為主，顯出追求理趣的特徵。另主客問答為先秦以來流傳已久的文學形式，漢散賦繼承此一傳統形式，並發揚光大，而時時以虛構人物對話作為賦之開端。漢散賦多以設辭問答展開內容，發表議論，形式比較固定；蘇軾的文賦卻不拘泥於此，而是直接議論與人物對話兩種方式兼而用之，形式較之散賦千篇一律的「虛設問答」模式更加靈活。此外。蘇軾所作文賦不拘泥於傳統散賦的問對體式，或有不用問對而直接議論者，其文賦中採用問答體式成篇者有：〈後杞菊賦〉、前後〈赤壁賦〉、〈黠鼠賦〉、〈秋陽賦〉等五篇，這些作品均能對傳統賦呆板的主客問答體加以改造和發展，在體式上變化趨於簡淨靈活，而且能透顯出問答雙方之情韻。異於傳統賦中問答的板重、千篇一律，

蘇軾問答體式，非食古不化，而能學古開新者，他不專意於規仿、蹈襲，而是自出新意，因而能自成一家，於此又可見其辭賦理論「出新意於法度之中」的具體實踐。漢代散賦與宋代文賦的句式與押韻，均是非詩非文，其構篇形式，則係散文章法，但其中或又諧之以韻，然而又同中有異，散賦韻散配合，無論用韻與否，行文大多以單行獨運為主；文賦則不同，它在韻散配合的同時，又多用駢偶，並且以散御駢，駢散兼施，這是文賦與散賦最大的差別。然而，與駢、律二體賦以整體為主相反，文賦體式的最大特點在於散，不僅在於以散御駢，造就了構築賦體整個框架的主幹，同時也在於用散為偶，使散句充當編織賦體的基本材料。

　　蘇軾賦學淵源深廣，其文賦的句式摒棄散、駢、律等賦的缺點，吸收其合理之處，因而能學古開新，奠定新體文賦的體制。蘇賦文賦作品，摒棄駢、律排偶之拘束，純然用散文形式的句法，其對偶與否，係循行文氣勢而為，多寡不拘，長短無定，氣勢一貫而流動；此外，他還用散為偶，以散文句式充當駢偶的基本材料。分看是散，合看成偶，散中有偶，偶中有散，遠非刻板的駢、律賦可比，賦體演變到此，又進入另一新的境界。他的文賦句式多樣，同一賦中往往散句、騷句、駢句交互採用，韻散結合，靈活多變。短句長句交錯，短則三言、四言，長則七言、九言、十一言。各種連接詞，如於是、若夫、蓋、所以等，也都靈活運用，並不避免，但這些都融合於開合流轉的散文氣韻中，讀過之後，使人覺得流轉自然而無駢賦之板滯，清新活潑而無漢散賦之凝重，這就構成蘇軾文賦獨具的特色。

第三節　語言美

　　所謂語言美就是表現在語言運用上是「無艱難勞苦之態」，即是語言的平易暢達。

　　運散入駢，駢散結合是平易自然的賦風形成的重要原因。蘇東坡大力提倡韓愈古文，在語言風格上提倡流暢自然，反對模擬，反對古奧，對於北宋年間的「西崑體」的「剽剝故事，雕刻破碎」、「太學體」的「僻澀怪誕」，他都持批評態度。蘇東坡是繼之後又一詩文革新的主將。由於他在政治上的沉浮，其世界觀有更多離經叛道的色彩，因而其對文學本質特徵有更多的精當闡述。他的辭賦觀在宋代文人中最具代表性。首先他特別推崇屈賦的抒情言志傳統。

　　蘇軾的辭賦作品全面實踐了他的主張，從今存賦二十餘篇，由題材主題觀之，蘇軾涉及的面很廣，無事無物不可入賦，除懷古抒情的〈屈原廟賦〉、〈昆陽城賦〉、反映社會現實的〈復改科賦〉外，更多的是繼承前人小賦，尤其是繼承楚辭的抒情傳統的抒寫性靈之作，如前後〈赤壁賦〉，則由魏晉小賦的泛論人生發展為直接地討論人生。二賦分作於宋神宗元豐五年（1082）的七月、十月，當時蘇軾正值「烏台詩案」獲釋後，戴罪黃州，行動失去自由，心情極其苦悶。政治上的失意，使他投入大自然的懷抱，去尋找慰藉與解脫。賦中抒寫了他對人生宇宙的看法，闡述了自己的人生哲理，表達了在人生道路上曠達開朗，堅守素志，不為外物所動的積極態度，〈黠鼠賦〉是一篇似寓言又不似寓言的故事賦，表面題旨當是通過黠鼠利用人的疏忽而脫逃的日常小事，來說明人們必須集中精神，發揮智力，方能役萬物，才不會「見使於一鼠」的道理，據南

宋葉夢得《避暑錄話》卷下言，此賦當別有寄託，葉氏云：「歐陽文忠滁州之貶，作〈憎蠅賦〉。晚以濮廟事，亦屬言者屢困不已，又作〈憎蚊賦〉。蘇子瞻揚州題詩之滂，作〈黠鼠賦〉，皆不能無芥蒂於中，而發於言。」由此說來此賦並非純狀寫黠鼠其物，而是含沙射影，影射那些邪佞群小的狡猾、奸惡。這無疑是遠紹屈賦用惡花惡草以比黨人小人的精神情韻，下接禰衡〈鸚鵡賦〉、庾信〈枯樹賦〉之機杼，近從運用寓言形式上言又受柳宗元〈愈膏肓疾賦〉和〈哀溺文〉的影響。〈愈膏肓疾賦〉敷衍《左傳》故事，通過晉景公、醫生、忠臣的對話，談論治國之道。〈哀溺文〉敘寫一個游泳本領高強者一旦船破落水，因不願丟棄腰纏之財而被溺死的故事，用來諷刺在〈黠鼠賦〉不只是在指事托意方面受〈哀溺文〉的影響，就在聯類比襯手法上亦頗相似；再如〈後杞菊賦〉、〈菜羹賦〉所咏之物平凡而瑣碎，但據賦序得知〈後杞菊賦〉作於密州任上，「仕宦十有九年，家日益貧，衣食之奉，殆不如昔」之際；〈菜羹賦〉作於貶所儋耳「海南連歲不熟，飲食百物艱難」之時。南宋胡仔認為前賦是「以譏新法，減刻公使庫錢大甚，齋醮廚膳，皆索然無備也。」文中是否真的譏諷王安石新法之弊先暫且不論，然關乎個人日常生活卻一點不假，而後賦表面文字是「無患於長貧」、「心平而氣和」，但骨子裏無不蘊藉看作者的憤慨之情，深刻地流露出作者的思想和情感，無怪乎後人對其賦有這樣的讚譽：「句語奇健，可以見胸次軒豁、筆端浩渺也。」「猶足以賦〈遠遊〉而續〈離騷〉也。」（劉塤《隱居通義》）

　　從體式上而言，蘇軾賦兼備眾體，騷體、駢賦、律體、文賦體一應俱全，而在寫法上繼承前人而有別於前人，頗多創新。他把「以

文為詩」的作風帶入賦體領域，充分發揮了「文」的優勢，在繼承賦體傳統形式的同時，進一步散文化，其正實踐了「行其所當行」、「止其所當止」、「文理自然」的文學觀，以散文筆法入賦，以雜文筆法入賦，押韻隨便，文字簡易，語言明白如話，使賦亦如詩文，真正成為抒情達意的載體。在此，筆者不妨略舉幾例示之於後：前、後〈赤壁賦〉、〈秋陽賦〉、〈黠鼠賦〉〈灩澦堆賦〉……等是蘇軾散體賦的名篇，在這些賦中散句幾占半數以上（〈黠鼠賦〉全篇為散句）。這些賦篇句式參差，少則一字二字，多則十一二字，這在前人的賦中是絕無僅有的。散句的大量切入，不僅打破了整齊的句式，鬆活了板重的句式結構，且動搖了辭賦的語言根基，使賦體具有了流動的態勢，活潑的風格，更便於綜合運用多種藝術手段，狀物抒情，敘事言理，充分顯示出散體的優勢。〈前赤壁賦〉以蘇子秋夜泛舟赤壁，將景、情、理交融一體。然後由客吹洞簫的悲聲引出蘇子與客的對答，由水與月的就地設喻，形象闡發了「變」與「不變」的哲理，從而表現出不以失意為懷的曠達胸襟。末段亦以主客共喜而醉作結。該賦集描寫、敘事、說理為一爐，筆法灑脫，文勢流暢，亦莊亦諧。而〈後赤壁賦〉筆法卻有變化，因所寫季節的不同而呈現出不同風貌：前賦「是立意往游」，後賦則「先以不想再游，步步寫來」；前賦寫「萬頃茫然」，後賦寫「斷岸千尺」；前賦寫「未出舟中一步」，後賦寫「攝衣攀躋，無奇不探」；前賦寫「舟中與客共遊」，後賦寫「舍舟、客而上岸獨游」；前賦是「興盡而更酌」「枕藉乎舟中」，後賦則「興盡而登舟」、「就睡戶內」，以醒時見孤鶴、夢中見道士的幻想作結，雖均記赤壁之游，而「變換皆非

文人意想所及」，試想若沿用漢賦「尚辭藻、重描繪」的傳統寫法，應無有如此懾人之藝術魅力。

在蘇東坡的賦中散文化特徵首先表現為句式的變化。他突破了辭賦以四六句為主的陳規，而大量地參入散句。前後〈赤壁賦〉全文 650 句，散句多達 447 句再詳算，這是「一種以散文為主，染以駢偶、語的變體，別稱為文賦」，奠定了散體文賦的格局，篇中有一字句、二字句、三字句、四字句、五字句、六字句、七字句、八字句、九字句，可謂變化萬端。其次表現在運用散文筆法，調動多種表達方式。長期以來人們對辭賦體的要求不外「體物寫志，鋪采攡文」，表達方式的運用亦不外乎描寫、鋪敘，行文就難免有單一拘謹之病。而蘇東坡的賦則善於調動各種表達方式，往往融敘述、描寫、抒情、議論為一爐，將景、事、情、理交融一體，使賦體更好地為表現現實生活服務，為日常百事之「道」服務。再次語言自然流利，用語平淡，不尚藻飾；不用故事、陳言，詞必己出。茲引綜上所述，蘇東坡賦濃郁的抒情性，委備曲折的結構藝術和平易自然的語言藝術是的重要特徵。蘇東坡不僅以其進步的古文理論及豐富的古文實踐確立了自己在北宋文壇的地位，而且在辭賦一體上也有開創性的貢獻，他將賦改造成能抒寫日常生活情事的載體，他將散文筆法運用於賦，從而創立了一種運散入駢，亦散亦駢的新體──「文賦」。而稍後的蘇軾、蘇轍的賦作「縱橫曲折，盡四六之變」（王志堅《四六法海》卷三），可見蘇東坡在辭賦一體上的語言貢獻影響極為深遠。

〈灩澦堆賦〉是作者有感於「世以瞿塘峽口灩澦堆為天下之至險，凡覆舟者，皆歸咎於此石」的俗見而發，顯而易見該賦當以議

論為主。本文確以說理開篇，先從水性寫起：「天下之至信矣，唯水而已。江河之大與海之深，而可以意揣。唯其不自以為形，而因物以賦形，是故千變萬化而有必然之理。」立下全篇根本，繼之以鋪敘的筆法描寫灩澦堆「開峽而不去者，固有以也」的情勢：「蜀江遠來兮，浩漫漫之平沙。行千里而未嘗齟齬兮，其意驕逞而不可摧。忽峽口之逼窄兮，納萬頃於一杯。方其未知有峽也，而戰乎灩澦之下，喧豗震掉，盡力以與石斗，勃乎若萬騎之西來。忽孤城之當道，鈎援臨沖，畢至於其下兮，城堅而不可取。矢盡劍折兮，迤邐循城而東去。於是滔滔汩汩，相與入峽，安行而不敢怒。」最後以感歎作結，深拓主旨「物固有以安而生變兮，亦有以危而求安。得吾說而推之兮，亦足以知物理之固然。」茲賦托物咏懷，以小見大，巧借「灩澦堆」表達對國家政治前途、安危關係的關懷和思考，體現出作賦「以意為主」的特點和融描繪、議論等手段為一爐的靈活筆法，構思新穎，語言暢達，頗多哲理趣味。

再讀〈後杞菊賦〉，學人多認為此賦受韓愈〈進學解〉影響較深，誠然，有許多相似點。《進學解》借弟子之口，道出身為國子監博士的韓愈「口不絕吟於六藝之文，手不停披於百家之編」，於業「勤」，於儒「有勞」，於文「宏其中而肆其外」，於為人「有成」，然而卻不被重用，處境拮据：「公不見信於人，私不見助於友」；冬暖而兒號寒，年豐而妻啼饑」，〈後杞菊賦〉敘身為密州知州的蘇軾「朝衙達午，夕坐過酉。曾杯酒之不設，攬草木以逍口。對案頻蹙，舉著噎嘔」。兩賦都有以自身景況為題材，均述自己的蹭蹬勤苦，曲折地透露出仕途失意之感。然不同者在：韓賦多用排比和成語、諷刺、反語，於滔滔肆辨中洩其憤懣，蘇賦多用比襯、俗語，於嬉

笑怒罵、詼諧幽默中見理趣；韓賦是有意駁難，不免強詞奪理之嫌，蘇賦則自嘲自解，屬辯難對話體的變格，有平和曠達之意趣，比起韓賦來更清新通脫，行文淡化「客」方，突出主方。

即使律賦如〈濁酒有妙理賦〉、〈通其變使民不倦賦〉等亦能寓議論於排偶之中，句式參差，長短並用，注意變化，如〈濁酒有妙理賦〉以「神怪功用無捷於酒」為韻，三字句、四字句、六字句、七字句、八字句、九字句，句式之多，變化之頻，他人賦作少見。且不時用上「乃、蓋、則、惟、然後」等承上後下的副詞以舒緩語氣，變板滯為靈動，變拘謹為活潑，增了文章流走的文勢。故清李調元《賦話》卷三特別欣賞此文中「得時行道，我則師齊相之飲醇；遠害全身，我則學徐公之中怪」一聯，認為「窮通皆宜，才是妙理。通篇豪爽，而有雋致，真率而能細入，前無古人，後無來者」，評價之高，可謂無以復加，質諸李氏的讚譽之詞，除所包含的人生態度外，也不排除對其流動的句式的極賞。

總之蘇賦筆法多變，轉換自如，大量用散文筆法，完成了辭賦向散文賦的轉關，顯示出新體賦的嶄新面目，使源遠流長的賦體文學嬗變出新的格局，放射出新的光彩，此關鍵在於蘇東坡能以自己厚實的古文基礎，變革其體，以古文筆法改造賦體，從而成就「文賦」體制，並將此一體裁推達到高峰，致後人望塵莫及，無有出其右者。

第六章　蘇軾辭賦之貢獻與影響

　　賦是口傳文學演化為書面文學的津梁，了解口誦文學如何書面化的過程，不但是本文用來詮釋設辭問對體演化的關鍵，其實它也可能成為先秦文獻許多紛紛擾擾問題撥雲見日的利器。秦觀詩說：「人生異趣各有求」，對於蘇軾來說，他的異趣不是富貴，不是功名，而是讀書和創作，在文學藝術的瀚海中遨遊，是蘇軾平生之快事。蘇軾自己所說的：「某平生無快意事，惟作文章，意之所到，則筆力曲折無不盡意，自謂世間樂事，無逾此者」。正可作為蘇軾審美人生的極好概括，蘇軾在文、詩、詞三方面都達到了極高的造詣，堪稱宋代文學最高成就的代表。蘇軾的創造性活動不局限於文學，他在書法、繪畫等領域內的成就都很突出，對醫藥、烹飪、水利等技藝也有所貢獻。蘇軾典型地體現著宋代的文化精神。從文學史的範圍來說，蘇軾的意義主要有兩點：首先，蘇軾的人生態度成為後代文人景仰的範式：進退自如，寵辱不驚。由於蘇軾把封建社會中士人的兩種處世態度用同一種價值尺度予以整合，所以他能處變不驚，無往而不可。當然，這種範式更適用於士人遭受坎坷之時，它可以通向既堅持操守又全生養性的人生境界，這正是宋以後的歷代士人所希望做到的。其次，蘇軾的審美態度為後人提供了富有啟迪意義的審美範式。他以寬廣的審美眼光去擁抱大千世界，所以凡

物皆有可觀，到處都能發現美的的存在。這種範式在題材內容和表現手法兩方面為後人開闢了新的世界。所以，蘇軾受到後代文人的普遍熱愛，實為歷史之必然。

蘇軾在北宋文壇是一位各體兼備的傑出者，他的賦在中國賦史上亦有一定之地位，晚年在儋州時，即使曾經困苦到吃烤蝙蝠和蜜漬蜈蚣[1]，他還默寫自己平生所作八篇賦，卜算自己的歸期，足見他對賦的重視與對自己賦作的喜愛。蘇軾對辭賦之理論，不僅在辭賦創作實踐上成就卓著，而且在批評理論上有著很多重要的建樹，他並沒有一本關於辭賦的理論專著，但他的批評觀點散見於詩文、序跋、書信等作品之中。

蘇軾在文藝上的傑出成就，決定於當時的歷史因素，他個人的抱負和經歷，同時還由於他的善於學習。他特別重視智慧對於人生的指示作用，以為它像眼睛指示人們的行走一樣。他又曾舉南方人天天和水在一起，十五歲就識水性，來說明實踐對於學習的重要性。基於這種認識，他除重視書本知識的學習外，還從實際生活裏學到許多東西。他重視學問知識的積累，在掌握它的主要內容之後，一些過程的形跡的東西就不必那麼重視。他注意較有系統地掌握各方面的知識；而又認為各種不同的學術或文藝可以互相溝通，互相激盪。蘇軾在北宋後期就以文采風流為學者文人所羨慕；南宋以後，他的詩文集更為流行。他一生執中持平、守正不阿，雖屢遭貶謫，而處之泰然。這種政治態度也引起後世正直文人的同情和欽仰。他的策論、史論成為許多科舉士子摹擬的對象，其他散文和詩歌又以其才

---

[1] 李廣揚、李勃洋：《蘇軾禪學》（台北：遠流出版社，2004 年），頁 56。

華的豐茂，筆力的縱橫恣肆，博得後人的愛好。由於他思想的複雜性和文藝上的多方面成就，他在文學史上的影響也是廣泛而深遠的。南宋陸游、辛棄疾，金元好問，明袁宏道，清陳維崧、查慎行等，有的愛好他的詩歌，有的繼承他的詞派，有的學習他議論的縱橫，有的追慕他小品的清儁。他們的成就有大小，但都明顯看出蘇軾的影響。他作品的浪漫主義精神為後來許多在文藝上不滿現狀，要求創新的作者所喜愛；他的遊戲人生、隨緣自足的思想也帶給後來文人多方的啟發。

第一節　蘇軾辭賦之貢獻

　　蘇軾以繼承文學傳統不斷變革文體為宗旨，在既有文體的創作上，緣宗而變，就賦學史上，可視其為「變賦」[2]的創始人，為賦體生命注入新的活力和氣象，從題材的開拓到藝術的創新，筆者以為可將蘇軾對辭賦的影響陳述於下：

一、破除理學之侷促，思想旁及經史子集

　　蘇軾辭賦的創作與他曲折的人生，博通的思想和藝術素養有重要的關聯，他身歷五朝君主，早歲進士及第，得到歐陽修、梅堯臣

---

[2]　胡立新：〈簡論蘇軾變賦的審美特徵〉，《黃崗師專學報》（1999 年第 2 期），頁 46。

激賞,到供職朝廷,再經訕謗入獄,遷轉流徙,走過人生最低潮。
也因為如此多樣化的人生,使他能夠破除理學家之固執侷促,他重
視儒家的道德觀念,亦尊崇道家的自然境界與佛家的心靈妙諦,這
種兼綜思想無疑啟迪了他的藝術創造精神,同時也改變了唐代古
文運動以來文以載道的偏狹,旁搜楊、墨、楚、騷之奇遠紹莊史
之情,以述意達辭,故蘇軾文學創作能夠不拘三代秦漢古文,而
尤重《文選》之學,以古文氣勢推助華美之詞,目的在出新意於
法度之中。

二、確立有為而作的賦論思想

　　蘇軾以其宏闊的視野,進步的審美觀點,擺脫傳統對賦加以
頌揚或誇張鋪陳的偏見,建立自成一家的法度,他不盲目地尊崇
賦體文學之傳統,並且揭示賦體本身的弊病,認為賦體的文學性
遠超過於其他的文體,賦不僅可以使用無韻散文的描寫、比喻、
用典等,而且還可以藉助詩歌的音樂性和抒情性,阻止了徒具形
式美的文風。蘇軾強調賦的文學性與實用性,不僅將賦鋪排刻畫
描寫生動細緻地表現出來,並通過比喻意象,象徵形貌,用典用
事來強化賦文的靈動傳神,即使是說理賦文,也因引譬連類,廣
攝象物,均衡思辨,使得讀者在生動傳神的具象化體認中深悟精
思妙理。

三、繼承傳統之基礎並集賦之大成

擷取前人成果而又力變前人是宋人開創藝術新局的一貫作法，蘇軾在文學中創作集大成的意識較前人更為強烈，他努力融會貫通文藝傳統，海納百川，在此基礎上自成一家，辭賦創作亦然，蘇軾辭賦的集大成意識更表現在繼承前人基礎上的超越，他的賦作在與傳統賦體相似與不相似之間，形成了包容傳統而又超越傳統的特徵，蘇軾對辭賦傳統的超越主要表現在以舊的形式來承載新的內容，突破賦體的界線融合各體及融合賦與其他文體，使之雜糅成篇。

第二節　蘇軾辭賦之影響

蘇軾對散文用力之深，以紮實的功力和奔放的才情，發展了歐陽修平易舒緩的文風，為散文創作開拓了新天地。談史議政的論文，包括奏議、進策、史論等，大都是同蘇軾政治生活有密切聯繫的作品，其中除有一部分大而無當帶有濃厚的制科氣外，確也有不少有的放矢、頗具識見的優秀篇章。蘇軾的記敘體散文，常常熔議論、描寫和抒情於一爐，在文體上，不拘常格，勇於創新；在風格上，因物賦形，汪洋恣肆；更能體現出《莊子》和禪宗文字的影響。蘇軾的作品具有廣泛的影響。他的作品在宋代廣為流傳，對宋代文

學及後世文學的發展起了重要作用。蘇詩受到金代詩人、明代公安派作家和清代宗宋派詩人的推崇。蘇文長期浸染後學，其小品隨筆更開明清小品文的先聲。蘇詞直到清代，仍為陳維崧等詞家所宗法。

本文對於蘇軾辭賦之影響歸納為：

一、使北宋辭賦提昇藝術層次

蘇軾作賦的一個顯著特點就是「眾體兼備」，蘇軾作賦二十餘篇，卻已包括騷體、駢體、律賦、散文賦各種體裁，研究蘇軾全部的辭賦，即是瞭解了全部賦體的樣式，如〈屈原廟賦〉為後世刻畫了一個與前代不同看法的屈原，文采豐富，筆力凝重，祝堯《古賦辨體》評其：「如危峰特立，有嶄然之勢」、「足以賦〈遠遊〉而續〈離騷〉也」；孫梅《四人叢話》評其駢賦則「有意擺落隋唐五季蹊徑，而獨闢異境」；李調元《賦話》則說他的律賦「寓議論於排偶之中」，「為律賦之創調」；文賦亦能達到「唯其不自為形，而因物以賦形，是故千變萬化而有必然之理」劉培指出：「蘇軾等人的影響下，北宋後期的辭賦各體均有人嘗試創作[3]」，蘇軾深植古文運動的核心將散體文風向辭賦滲透，極聲貌與專尚理趣融合，駢散結合，亦文亦賦，成為北宋辭賦的美學特徵。總之，充分表現出他師古而不墨守成規，立足於變革，創新的精神，其拾餘緒於往古，不

---

[3]　劉培：〈北宋後期的黨爭與辭賦創作〉，《北京大學學報》（2005 年第 6 期），
　　頁 48。

僅改造騷、駢、律等各種舊體式；又能鑄新體於當代，奠定文賦體
之新體式。

二、開創賦體之新局面

　　蘇軾主張科舉試賦的辭賦觀，使得北宋再次恢復科舉試賦，奠
定了辭賦繼續發展的主要誘因，他帶動北宋辭賦寫作的風氣，提拔
後進不遺餘力，成為北宋辭賦發展的最大推手，此外他的辭賦創
作理論及寫作之下，促進了有宋一代辭賦的散體化，議論化及多元
化，他在〈灩澦堆賦〉中論水云：「唯其不自為形，而因物以賦形，
是故千變萬化」，這幾句正好用來概括蘇軾自己的辭賦理論和實
踐，事實上，蘇賦的散化，吸取散文的筆勢方法，化典重事理，句
法參差，形象契合，奇幻多變，這些都是蘇軾對漢魏六朝辭賦的發
展與創新，因此他對賦體局面之開創，或連其師歐陽修也只能瞠乎
其後。

三、影響後代小說之發展

　　賦是較為早熟之文體，在其流變過程中，對晚出的小說產生多
方面的影響[4]，敘事即為其一[5]，賦體作品除了紀實性敘事外，更多

---

[4]　賦與小說的交融現象，高桂惠《明清小說運用辭賦的研究》是現今較為重
　　要之專著，文中將章回小說運用辭賦實例的探討，以講史、神魔、世情及

出自作家的自覺虛構，在早期其他文體中，此種手法並不多見，「虛構性故事」可謂賦提供給小說一份珍貴之形式，如「虛立客主」、「假設其事」就是虛構之敘事謀篇，黃師水雲亦指出：辭賦在小說中通常具有「以學殖為尚」、「模山範水」、「微言以諷」等功能，賦體的寫實、誇飾、炫才、抒情等成分正提供了小說塑造人物、佈置場景、統合結構等方面的素材，辭賦對小說之影響，亦可從小說家運用辭賦的方式中得見[6]，辭賦對小說之影響的範疇過去較少受到重視，近來則逐漸受到學者之看中，對辭賦與小說之間的關係多有著墨論述[7]。

　　明、清以來小說盛行，成為當時文學之主流，清代小說題材多樣，風格自由，句式流暢，我們知道後時代的文學特色多有前代文

短篇小說作一精細之分析，又將形式與內容的配合、審美情感與結構組織的訴求及贊文中辭賦成分的探討等辭賦在小說中的文學表現一一探究，最後總結出小說或吸取辭賦形式上、精神上、內容上的特點，造構小說使人入世，呈現出較傳統詩文的靈性之美有更大的刺激性與誘惑力之特徵。高桂惠：《明清小說運用辭賦的研究》（台北：政治大學中文研究所博士論文，1990年）。

[5] 小說是典型的敘事藝術，且「是敘事文學的最高形式」。李時人：《全唐五代小說》（陝西：陝西人民出版社，1998年），序言。

[6] 黃師水雲：《歷代辭賦通論》（台北：文津出版社，2008年），頁23。

[7] 筆者以本文完成時間作一基點，在此之前以高桂惠的論文為主，另有陳君：〈張衡西京賦與思玄賦中的小說因素〉，《文學遺產》（2005年第5期），觀覽在2008年7月之後提到辭賦與小說相關期刊則有陳恩維、趙義山：〈古代小說中詩詞曲賦研究綜論〉，《明清小說研究》（2008年第3期），白曉帆：〈俗賦與小說的關係──以劉勰的《文心雕龍・諧隱》談起〉《中國古代文學研究》（2008年第8期），王景龍：〈賦的敘事及其對小說生成之影響〉，《牡丹江大學學報》（2008年第10期），王猛：〈賦與古代小說的關係探析〉，《武漢理工大學學報》（2008年第6期）。

學之遺響，而蘇軾辭賦創作眾體兼備，形式多樣，風格多變，甚至他的交遊亦成為後世小說故事的題材，以蘇軾和佛印和尚交往為例[8]，此題在宋元明清戲曲小說作品中廣為流傳，多有演變，從主題、風格到人物形象多有不同的特色和改造，在通俗文學的發展變化上一直是一個有趣而熱門的課題，我們必須探討中國文學史上出現蘇軾以來，他對中國文學的影響丕大，明清小說之特色，不能不說多少都有蘇軾對文壇影響力的浸染。

四、擴張賦體題材後世仿效

　　蘇軾意識到求賦之新變除了在體制外，內容的拓展更善於獲得不同的意理和情趣，因此蘇賦命意不凡往往來自題材之創新，取材不限於何處，可以以小識大，見微知著，變俗為雅，具有化腐朽為神奇的魅力。他的賦中，或博論時政法度，或觸景抒懷寫志，或記遊志事，或賭物思理，或酒食之間悟人生之道，各文皆有不同的旨趣，不曾雷同，如此，他便突破了以往賦體過度雅正華嚴的選才立意模式，自由靈活地選定組構內容，表達真實的情感妙理，當代抑或後世文人多仿效蘇軾曾選用的題材再以發揮，如蘇軾寫〈屈原廟賦〉，弟蘇轍也仿作一篇〈屈原廟賦〉，屈賦與屈原的性格交互觀審，

---

[8]　後世以蘇軾、佛印交往為創作題材的作品如《問答錄》、金院本〈佛印燒豬〉、元雜劇《花間四友東坡夢》、明小說《佛印師四調琴娘》等。胡蓮玉：〈蘇軾、佛印故事在戲曲小說中的流傳及演變〉，《南京師範大學學報》（2003年第 3 期），頁 23-24。

歌詠出迥異於前代的屈原形貌；蘇軾〈灩澦堆賦〉，仿其作者有宋薛紱、明郭棐〈灩澦堆賦〉，明陸深〈後灩澦堆賦並序〉[9]，除申述蘇軾前賦意指外，亦頗多發揮；蘇賦〈濁醪有妙理賦〉宋李綱曾仿作，〈後杞菊賦〉張耒、張拭亦曾仿作，他傳頌千古〈赤壁賦〉，甚至影響了清代魏清德作〈新店賦〉[10]，二文同作於干支壬戌年，古今相距正好是八百四十一年的時間，賦中層次、佈局師法蘇賦，以駢賦出之，與蘇軾的散文賦異趣。

　　蘇賦最精彩之處正是在於作品中透露的各種思維和情感，而他的思想並不是故弄玄虛之筆，而是作者求真、求新的謀篇創作，無論是哪一方面流露出的情感，都是為了表現更深層次的內涵，釋放出更多、更動人的精神力量，從這個角度來說，是增強了蘇軾辭賦的表現張力。如果要呈現蘇軾一生的思想情感，蘇軾二十餘篇辭賦就是形象地、傳神地生動地代表了他精彩的一生，本論文依照蘇軾辭賦分就騷、駢、律、文四體，依其形式內容特點析論蘇軾各體辭賦的創作特色和成就，並以內在之文章體現與外在之篇章建構一一論述各篇之藝術手法。從研究蘇軾辭賦的觀點而言，本論文只是跳脫了過去傳統研究蘇賦多重於某些名篇的賞析，對蘇軾所有賦作作出基礎的題材內容與架構分析，隨著未來的日子裡新文獻、新材料的推陳出新，筆者以為將對蘇軾辭賦的研究必有更多發展，本文茲為蘇賦研究起步的里程之一，並期待日後有更多的新論著。

9　李書敏、王群生：《歷代巴渝賦選注》（重慶：重慶出版社，2001 年），頁66-75、83-87。

10　許俊雅、吳福助主編：《全台賦》（台南：國家台灣文學館籌備處，2006 年），頁 426-429。

第七章　結論

　　宋代各種文體均發達,且喜互相滲透,即所謂的「破體」,破體雖不合原來文體的本色,然而卻可另就他徑,將某種文體發展出新的風貌,使其有特殊的風采。宋代在各文體上融入宋代文風的特質,以賦為例,宋代辭賦作品數量多,有其自我發展的特色,惟歷來專門研究這門學科的人較少,欲研究宋代辭賦,以蘇軾入手,當為可行之途徑,因其作品量適中而質精,又眾體皆備,多創新格,謂其是宋代辭賦作家之代表者絕不為過。筆者茲將本論文研究所得總結於下。

　　宋代賦風,初承唐制,以科舉應制為主,經過太宗至神宗朝代遞嬗,已發展出呈現自我特色的兩大特徵:一是以學為賦,廓除六朝以來綺靡相勝的習氣,創造出學問深醇,發人省思之篇章,再者以文為賦,破除晚唐五代以來駢俳賦之賦藝藩籬,形成又一次賦體新變。可以說北宋時期賦之變革,蘇軾之拓境,正是此二線索之延伸與擴展。蘇軾前後的文學創作以貶謫黃州為限,風格顯然是不一致的。早期的多才多藝和時代的鼓舞,使得蘇軾積極要求上進,建功立業的心情是十分迫切的。這個時期的詩作大多數意氣澎湃,豪氣沖天。入仕後一些意想到和意想不到的政治上的打擊、遭忌,使其黯然思退,感傷頹廢,甚至「小舟從此逝,江海寄餘生」,但蘇

軾終究未曾正式掛冠歸隱，他在政治上的十經起伏，精神上的喪妻打擊，使他「心衰面改瘦崢嶸，行軍、相見惟應識舊聲，也擬哭途窮，死灰吹不起」顯得矛盾之極，於是這種巨大的痛苦與達觀的性情所發出的文字，便具有了鮮明的個體風格和時代印記。

蘇軾沒有專門的文論著作，在他的部分散文與詩歌，特別是他同後輩來往的書箚中，提出了一些可貴的文藝見解。他早年隨蘇洵出三峽，下長江，受自然景物的激發，跟蘇轍寫詩唱和，就認為詩文創作要象山川的雲興霧起，草木的開花結果，是由內容充實豐郁而自然表現出來，不是文章的工拙問題。蘇軾集中的書箚、雜記、雜說、小賦等，大都夾敘夾議，隨筆揮灑，表現了作者坦率的胸懷，也表現他對人生對文藝的見解和愛好，成就遠在他的政治論文之上。他在〈傳神記〉裏記僧惟真畫曾魯公像，初不甚似，經過細緻觀察，於眉後加三紋，就十分逼真，說明細節真實對於傳達人物神情的重要性。他在〈書吳道子畫後〉裏說「畫家要出新意於法度之中，寄妙理於豪放之外」，一方面既要掌握藝術的規律，又要有創造性，即自出新意，而不為規律所束縛，另方面要求在豪放的筆墨之外，表現一定的思想深度，即他所說的「妙理」，這些見解雖是就繪畫說的，其他藝術部門也可以相通。如果說宋代辭賦至歐陽修而大變，具有開山意義，那麼蘇軾辭賦的創獲尤多建設之功，使宋賦藝術達到一個更高的層次。

蘇軾作賦題材十分豐富，或議政、或紀遊、或弔古、或詠物、或詠酒、或詠食，作賦之力，實據一生之才情與學識，他的賦以主觀精神統攝萬象，搜延物情，議論述懷，任性達情，恣意表現。由於蘇軾的創作重視意境，因此能夠不拘泥於辭賦傳統的框架，超脫

陳套，自創新構，這種創作精神，突出地表現在他同化大自然、山川、以至萬物的思想，騁放靈感，闡發性情。宋代辭賦新變有一大特點，就是從賦這種偏重描寫的文體衍生出表現性的情愫和內觀審美結構，注重文意的表達呈現「月映萬川」的光輝，這正如清代姚鼐所言，賦的特點之一在「設辭無事實」，故觀蘇賦寫作筆法都寫得空靈而飄渺，如前、後〈赤壁賦〉用的也是傳統的設辭答問，然而亦有不少對偶句式，且注重鋪陳敘事等，同時，蘇軾將賦寫志言情的功能再向前推了一步，為賦注入表達事理的新功能，採用與過去不同的筆法表現抽象和內在的對象，增強了賦的表現力，並且使賦呈現出一種綿麗深奧之美，卓然自成一格，突破不同辭賦體式的界限，有意混同各種賦體的規範。

以理節情，融情入理是宋代文學的一大特徵，蘇軾辭賦創作就體現出了韻致深遠的平淡之美，寓深刻的人生哲理於平凡之境，繁華落盡，旨深趣遠，特別一提的是蘇軾創作之平淡美，他推崇的平淡，是平淡中可見山高水深，韻味無窮，文字之外景象無限，這種境界的獲得，需要閱盡人世滄桑，深味人情炎涼，熟諳生命況味，而非一味的故作高雅脫俗。

又辭賦長於鋪張描寫，蘇軾在景物的描寫中往往融會深刻的哲理，從而形成意味深遠的美境，我們知道北宋以來辭賦的描寫偏重寓理於景，而蘇軾之成就在追求昇華為勾勒象外之境，以運涵人生感悟，將辭賦的景物描寫推上一個物我兩不相忘的新境界，王十朋在《東坡文集》序中就說：「故雖天地之造化，古今之興替，風俗之消長，與夫山川、草木、禽獸、鱗介、昆蟲之屬，亦皆洞其機而貫其妙，積而為胸中之文，不啻如長江大河，汪洋宏肆，變化萬狀，

則凡波瀾於一吟一詠之間者，詎可以一二人之學而窺其其涯矣哉！」指出蘇軾描形狀物在於窮天地造化之理，洞悉萬物之妙，具有理趣。在蘇賦中，極少出現如漢代大賦那樣控引天地的描繪，而是對生活中觸目可見的細小物件，從中發掘出盎然深奧的情韻。我們亦發現蘇軾辭賦中多用習見之字，一改騁辭大賦好僻字的缺點，從而形成平易而富有文辭之美的特色，平易的文辭傳達悠遠要妙的境界，他可以不靠詞藻取勝，而是巧構境界，將周遭的榮景與內心的空落形成強烈的對比，傳神地表現出仕途顛簸的苦悶與無處抒發。

從蘇軾賦所涉及的思想內容來考察蘇軾的人生哲學可以發現，蘇軾是在融合儒、釋、道、莊等各家思想的基礎上，結合自己的親身經歷和人生體驗，最終形成了其獨有的榮辱得失無繫於心的憂患人生哲學。

蘇軾歷經五朝君主，在政治上歷經波折坎坷，既不得意與保守派儒家掌門司馬光等，亦不見容與改革派法家王安石輩，懷抱博學濟世之報復，流于黃州、密州、杭州、瓊州，足跡遍及大半個中國。政治上的失意卻從為耗盡他的熱情與抱負，未使他循道門，肆意山水，獨享隱居之閒適脫俗，也未使他退守書齋，長伴清燈，靜研禪機佛理，在中國盛行的詩意士大夫回歸的四教中都很難清晰的發現他身影。換句話說，他沒有將自給儒、法、道、釋任一一家，而是秉持寧靜曠達的胸襟，把握本心，在自然中尋找自己心靈的皈依，在對自然的關照中領悟人生的真諦，把對人世的思索，對人的關愛融於大自然的柔和中。

　　對現實人生的熱愛，在順境中的淡泊，在逆境中的從容，面對境遇變化時的通達。蘇軾辭賦所作的人生思考超出凡俗，一個重要的原因是作者汲取了儒、釋、道三家思想的積極因素。儒家的入世和有為，引導他熱愛生活和人生；道家的無為特別是莊子的齊物論，又使他淡泊名利，在逆境中也顯得從容自如；佛家的靜達圓通，則啟迪他走向圓融和通達。另一個重要原因，是作者對審美的人生境界的不懈追求，企圖達到對人生功利境界的超越，無論是春風得意，還是身處逆境，都是如此。蘇軾在其詞作中表達的關於人生哲理的沉思，無疑體現了一種深切的人文關懷，能給後人以有益的啟示以至精神的滋養。

　　由於蘇軾獨特的人生經歷和思想構成，除了幾篇諫政之賦外，他一般不直接反應政治和社會問題，而喜歡描寫親身經歷和所見之事，又愛好揀選出身邊的細事微物，見情達性，闡發物理，參悟人生，從而把辭賦創作走向深層的理性層次和空靈的心靈境界演化發展，因此，蘇賦形成了他特有的審美品格和藝術，終其一生，蘇軾作賦都不離景、情、理的融合，李調元《賦話》指出：「（蘇賦）窮達皆宜，才是妙理，通篇豪爽，而有儁致，真率而能細入，前無古人，後無來者。」實為懇切之論。在中國辭賦史上，蘇軾辭賦的創作不論在題材內容的選擇和篇章結構的創造，都代表了北宋賦風求新求變的精神，在鋪采摛文和體物寫志之外，別開了辭賦的心靈化、哲理化、雜文化和寓言化的境界，並圍繞他形成了一個作家群（如：蘇門四學士），對後世的辭賦創作產生深遠的影響。

引用文獻

一、專書部分

《四史——漢書》	（東漢）班固撰	台北：藝文印書館	1955 年
《齊民要術》	（魏）賈思勰撰，繆啓愉、繆桂龍撰	上海：上海古籍出版社	2006 年
《文選》	（梁）蕭統編、（唐）李善注	台北：藝文印書館	1991 年
《文心雕龍》	（梁）劉勰撰	台北：五南出版社	1996 年
《昭明文選》	（梁）蕭統撰	台北：商週出版社	2007 年
《東坡志林》	（宋）蘇軾撰	台北：木鐸出版社	1982 年
《宋文鑑》	（南宋）呂祖謙奉敕編撰 齊治平點校	北京：北京中華書局	1992 年
《古賦辨體》	（元）祝堯撰	北京：北京圖書館出版社	2006 年
《宋史新編》	（明）柯維騏撰	台北：新文豐出版社	1974 年
《滹南遺老集》	（金）王若虛撰	台北：藝文印書館	1966 年
《四六叢話》：騷話、賦	清·孫梅撰	台北：世界書局	1984 年

《海峰文集》	清・劉大櫆撰	清同治甲戌（十三年）孫繼重刊本	1874 年
《全唐文》	（清）董誥等奉敕編撰	北京：中華書局	1983 年
《校讎通義通解》	（清）章學誠，王重民著	上海：上海古籍出版社	1987 年
《古文辭類纂》	（清）姚鼐，胡士明，李祚唐標校	上海：上海古籍出版社	1998 年
《中國駢文發展史》	張仁青撰	台北：台灣中華書局	1970 年
《論蘇軾的創作經驗》	徐中玉撰	上海：華東師大出版社	1981 年
《蘇軾評傳》	曾棗莊撰	成都：四川人民出版社	1981 年
《蘇軾評傳》	曾棗莊撰	成都：四川人民出版社	1982 年
《賦話六種》	何沛雄編	香港：三聯書店	1982 年
《讀賦厄言》	何沛雄編	香港：三聯書店	1982 年
《中國古典詩歌評論集》	葉嘉瑩撰	台北：源流出版社	1983 年
《歐陽修蘇軾辭賦之比較研究》	陳韻竹撰	台北：文史哲出版社	1986 年
《東坡文論叢》	蘇軾研究學會編	成都：四川文藝出版社	1986 年
《論蘇軾的文藝心理觀》	黃鳴奮撰	福州：海峽文藝	1987 年
《辭賦流變史》	李曰剛撰	台北：文津出版社	1987 年
《美的歷程》	李澤厚撰	台北：谷風出版社	1987 年
《蘇東坡傳》	林語堂撰、宋碧雲譯	台北：遠景出版社	1988 年

《蘇文繫年考略》	吳雪濤撰	呼和浩特：內蒙古教育出版社	1990 年
《紀念蘇軾貶儋八百九十周年學術討論集》	蘇軾研究學會、儋縣人民政府合編	成都：四川大學	1991 年
《歷代賦論輯要》	徐志嘯撰	上海：復旦大學	1991 年
《辭賦通論》	葉幼明撰	長沙：湖南教育出版社	1991 年
《歷代辭賦鑒賞辭典》	霍旭東、趙呈元、阿芷主編	台肥：安徽文藝出版社	1992 年
《全漢賦》	費振剛、胡雙寶、宗明華輯校	北京：北京大學出版社	1993 年
《漢賦史論》	簡宗梧撰	台北：東大圖書公司	1993 年
《全宋文》	四川大學古籍整理研究所	成都：巴蜀書社	1994 年
《蘇軾資料彙編》	四川大學中文系唐宋文學研究室編	北京：中華書局	1994 年
《蘇軾論稿》	王水照撰	台北：萬卷樓圖書公司	1994 年
《東坡賦譯注》	孫民撰	成都：巴蜀書社	1995 年
《三蘇文藝思想》	曾棗莊撰	台北：學海出版社	1995 年
《三蘇後代研究》	舒大剛撰	成都：巴蜀書社	1995 年
《山居筆記》	余秋雨撰	台北：爾雅出版社	1995 年
《蘇軾文集》	宋‧蘇軾撰，孔凡禮點校撰	北京：中華書局	1996 年
《蘇東坡新傳》	李一冰撰	台北：聯經出版社	1996 年
《中國第八屆蘇軾研討會論文集》	中國蘇軾研究學會編	成都：四川大學	1996 年

《蘇軾思想研究》	唐玲玲、周偉民合著	台北：文史哲出版社	1996 年
《中國歷代賦選》	畢萬忱、何沛雄、洪順隆撰	江蘇：江蘇教育出版社	1996 年
《辭賦大辭典》	霍松林主編	南京：江蘇古籍出版社	1996 年
《中國辭賦發展史》	郭維森、許結撰	江蘇：江蘇教育出版社	1996 年
《歷代賦譯釋》	李暉、于非撰	哈爾濱：黑龍江人民出版社	1997 年
《蘇東坡全集》，宋·蘇軾撰	段書偉、李之亮、毛德富主編	北京：北京燕山出版社	1997 年
《蘇東坡寓言大全詮釋》	朱靖華撰	北京：京華出版社	1998 年
《蘇軾年譜》（上中下）	孔凡禮撰	北京：中華書局	1998 年
《蘇文彙評》	曾棗莊撰，曾濤編	台北：文史哲出版社	1998 年
《賦史》	馬積高撰	上海：上海古籍出版社	1998 年
《賦學概論》	曹明綱撰	上海：上海古籍出版社	1998 年
《中國第十屆蘇軾研討會論文集》	中國蘇軾研究學會編	濟南：齊魯書社	1999 年
《三蘇研究》	曾棗莊撰	成都：巴蜀書社	1999 年
《六朝駢賦研究》	黃水雲撰	台北：文津出版社	1999 年
《中國中古文學史講義》	劉師培撰	上海：上海古籍出版社	2000 年

《蘇軾全集》	宋·蘇軾撰，傅成、穆儔標點	上海：上海古籍出版社	2000 年
《洞庭春色賦、中山松醪賦》（中國著名碑帖選集 33）	宋·蘇軾，吉林省博物館供稿	長春：吉林文史出版社	2000 年
《歷代巴渝賦選注》	李書敏、王群生撰	重慶：重慶出版社	2001 年
《蘇軾研究史》	曾棗莊等合著	南京：江蘇教育出版社	2001 年
《中國賦學歷史與批評》	許結撰	南京：江蘇教育出版	2001 年
《歷代辭賦研究史料概述》	馬積高撰	北京：中華書局	2001 年
《蘇軾散文研讀》	王更生編著	台北：文史哲出版社	2001 年
《宋人賦論及作品散論》	何玉蘭撰	成都：巴蜀書社	2002 年
《中國歷代賦學曲學論著選》	陳良運主編	南昌：百花洲文藝出版社	2002 年
《論蘇軾對儒佛道三家思想的吸收與融合》中國典籍與文化論叢（第七輯）	周先慎，裴貞和撰	北京：北京大學出版社	2002 年
《中國第十三屆蘇軾學術研討會論文集》	中國蘇軾研究學會編	眉山：南方印務有限公司	2002 年
《北宋初、中期辭賦研究》	劉培撰	台北：萬卷樓	2004 年
《蘇軾禪學》	李賡揚、李勃洋撰	台北：遠流出版社	2004 年

《全台賦》	許俊雅、吳福助主編	台南：國家台灣文學館籌備處	2006 年
《蘇軾文藝美論》	王啓鵬撰	廣州：中山大學出版社	2007 年
《辭賦文體研究》	郭建勛撰	北京：中華書局	2007 年

二、單篇論文

〈思維轉換與跳脫──也釋蘇軾的思維方式和人生哲學之形成〉	郭春萍撰	《徐州教育學院學報》	第 4 期 1990 年
〈論宋賦諸體〉	曾棗莊撰	《陰山學刊》	第 1 期 1991 年
〈唐代律賦的形成、發展程式特點〉	曹明綱撰	《學術研究》	第 4 期 1994 年
〈簡論蘇軾在傳統文藝美學思想發展中的貢獻〉	湯岳輝撰	《山西師大學報》	第 4 期 1994 年
〈試論蘇軾的美學思想與道學的聯繫〉	張維撰	《社會科學研究》	第 4 期 1994 年
〈唐代律賦簡論〉	何忠榮撰	《青海師範大學學報》	第 1 期 1995 年
〈人生目的的闕失與靈魂拯救──蘇東坡思想綜論〉	程光泉撰	《濟南大學學報》	第 2 期 1996 年
〈論蘇軾五言詩之詠物技巧〉	陳裕美撰	《文學前瞻》	第 2 期 1996 年
〈蘇東坡的養生之道〉	彭華撰	《華夏文化》	第 4 期 1996 年
〈因題發議，以小見大──釋蘇軾黠鼠賦〉	蔣介夫撰	《閱讀與寫作》	第 4 期 1996 年

〈佛老思想與蘇軾詞的創作〉	張玉璞撰	《齊魯學刊》	第 3 期 1997 年
〈論烏臺詩案對蘇軾思想及創作的影響〉	李繼華	《周口師範學院學報》	第 3 期 1997 年
〈蘇軾美學思想新探〉	閻自啓撰	《洛陽大學學報》	第 3 期 1997 年
〈論佛教哲學與蘇軾的人生如夢思想〉	謝建忠撰	《西南民族學院學報》	第 3 期 1998 年
〈人生交響曲中的雙重旋律──論蘇軾仁政愛民的政治思想和隨緣放曠的人生態度〉	文師華撰	《南昌大學學報》	第 2 期 1998 年
〈從前赤壁賦談蘇軾的宗教思想〉	龍晦撰	《中華文化論壇》	第 1 期 1998 年
〈蘇軾美學思想淺論〉	劉艷麗撰	《河北師範大學學報》	第 3 期 1998 年
〈道家思想與蘇軾的創作理論〉	李艷撰	《廣西右江民族師專學報》	第 3 期 1998 年
〈兩宋賦述略〉	霍旭東撰	《社科縱橫》	第 5 期 1999 年
〈簡論蘇軾變賦的審美特徵〉，《黃崗師專學報》	胡立新撰	《黃崗師專學報》	第 2 期 1999 年
〈律賦在唐代「典律化」之考察〉	簡宗梧、游適宏撰	《逢甲人文社會學報》	第 1 期 2000 年
〈莊子審美思想與蘇軾文藝觀〉	張瑞君撰	《惠州大學學報》	第 3 期 2001 年
〈蘇軾超然思想探析〉	陳冬梅撰	《聊城師范學院學報》	第 5 期 2001 年
〈佛家中道思想對蘇軾的影響〉	王渭清撰	《寶雞文理學院學報》	第 2 期 2001 年

〈近五十年（1949~1999）臺港蘇軾研究概述〉	衣若芬撰	台北：洪葉文化《千古風流──東坡逝世九百年紀念學術研討會》	2001 年
〈蘇軾的養生〉	劉文剛撰	《宗教學研究》	第 3 期 2002 年
〈問汝平生功業，黃州、惠州、儋州──仕宦經歷與蘇軾思想的轉變〉	馬得禹撰	《甘肅教育學院學報》	第 4 期 2002 年
〈論律賦的文學性〉	汪小洋、孔慶茂撰	《江西廣播電視大學學報》	第 1 期 2003 年
〈賦體之典律作品及其因子〉	簡宗梧撰	《逢甲人文社會學報》	第 6 期 2003 年
〈一點浩然氣──千古快哉風──兼論蘇軾的政治思想〉	蘇培安撰	《西南科技大學學報》	第 4 期 2003 年
〈從赤壁賦看蘇軾的超脫與曠達〉	燕紅撰	《勝利油田師範專科學校學報》	第 1 期 2003 年
〈悅目、會心、暢神和超越──蘇軾赤壁賦自然美審美心理過程管窺〉	楊樺撰	《名作欣賞》	第 2 期 2003 年
〈論蘇軾文藝思想的莊學淵源〉	王渭清撰	《青海師專學報》	第 2 期 2004 年
年〈蘇軾平淡美的意蘊及其思想淵源〉	王德軍撰	《長春大學學報》	第 3 期 2004
〈論蘇軾的心安境界及其深層思想結構〉	曹志平撰	《西北師範大學》	第 4 期 2004 年
〈科舉試賦及其對唐賦創作影響的幾個問題〉	吳在慶撰	《廣西師範大學學報》	第 2 期 2004 年

〈論蘇軾的民胞物與思想及其產生的根源〉	梁桂芳撰	《棗莊學院學報》	第 6 期 2004 年
〈對傳統士大夫人格的超越——論蘇軾寓惠思想〉	陳思君撰	《惠州學院學報》	第 5 期 2004 年
〈蘇東坡的心路歷程——淺論蘇軾在黃州時期的思想與散文創作〉	施建平撰	《蘇州市職業大學學報》	第 3 期 2003 年
〈蘇軾、佛印故事在戲曲小說中的流傳及演變〉	胡蓮玉撰	《南京師範大學學報》	第 3 期 2003 年
〈試論蘇軾儒道禪思想的整合〉	王靖懿撰	《中國礦業大學學報》	第 2 期 2004 年
〈北宋後期的黨爭與辭賦創作〉	劉培撰	《北京大學學報》	第 6 期 2005 年
〈蘇軾書法美學思想述略〉	陳曉春撰	《四川大學學報》	第 2 期 2005 年
〈試析蘇東坡的出入世思想及其散文創作〉	施肅中撰	《福建省社會主義學院學報》	第 3 期 2005 年
〈自由的思想與自由的抒寫——論蘇軾散文的藝術精神〉	馬茂軍撰	《江淮論壇》	第 6 期 2005 年
〈賦與設辭問對關係之考察〉	簡宗梧撰	《逢甲人文社會學報》	第 11 期 2005 年
〈賦與設辭問對關係之考察〉	簡宗梧撰	《逢甲人文社會學報》	第 11 期 2005 年
〈出世與入世的掙扎——談赤壁賦的精神世界〉	屈偉忠撰	《現代語文》	第 12 期年 2006

〈論蘇軾人格中儒家思想的主導作用〉	高菊梅撰	《長江工程職業技術學院學報》	第 2 期 2006 年
〈論蘇軾的辭賦創作〉	劉培撰	《暨南學報》	第 5 期 2006 年
〈賦的可變基因與其突變──兼論賦體蛻變之分期〉	簡宗梧撰	《逢甲人文社會學報》	第 12 期 2006 年
〈談蘇軾的文學與思想〉	梁輝撰	《科教文匯》	第 11 期 2007 年
〈佛教思想對蘇軾黃州時期文學創作的影響〉	王紅升撰	《電影評介》	第 10 期 2007 年
〈獨善其身中的兼濟天下──比較蘇軾貶謫前後的思想異同〉	劉永杰撰	《漯河職業技術學院學報》	第 3 期 2007 年
〈儒、道、佛思想對蘇軾人格魅力的影響〉	翟玉蕭撰	《文教資料》	第 25 期 2007 年
〈淺談儒道思想對我國古代詩人的影響〉	田俊萍撰	《太原理工大學學報》	第 4 期 2007 年
〈論道家思想對蘇軾辭達說的影響〉	郭紅欣撰	《咸寧學院學報》	第 4 期 2007 年
〈樂中管窺人生形態──關於赤壁賦中的人生哲學解讀〉	馮衛仁撰	《現代語文》	第 6 期 2007 年
〈對前赤壁賦感情基調的重新認識〉	謝百中撰	《江西教育學院學報》	第 6 期 2007 年
〈從前赤壁賦看蘇軾散文的特色〉	呂秋薇撰	《理論觀察》	第 3 期 2007 年
〈蘇軾前後赤壁賦藝術特點共性探索〉	李芳撰	《安徽工業大學學報》	第 2 期 2007 年

〈從《文選》的文體觀念論《文選》賦「序」〉	胡大雷撰	《惠州學院學報》	第 2 期 2007 年
〈論賦的敘事性〉	劉湘蘭撰	《學術研究》	第 6 期 2007 年
〈論蘇軾關於文藝的美學特徵〉	樊德三撰	成都：四川文藝出版社《東坡研究論叢》第三輯	1986 年
〈蘇賦簡論〉	李博撰	成都：四川文藝出版社《東坡研究論叢》第三輯	1986 年
〈東坡二題〉	周子瑜撰	成都：四川文藝出版社《東坡研究論叢》第三輯	1986 年
〈蘇軾黃州活動年月表〉	丁永淮撰	成都：四川文藝出版社《東坡研究論叢》第三輯	1986 年
〈詩情與哲理的交響曲——蘇軾文學散文藝術美淺探之一〉	陳華昌撰	成都：四川文藝出版社《東坡研究論叢》第四輯	1986 年
〈蘇軾散文的比喻手法〉	江南撰	成都：四川文藝出版社《東坡研究論叢》第四輯	1986 年
〈蘇軾散文藝術探微〉	王文龍撰	成都：四川文藝出版社《東坡研究論叢》第四輯	1986 年
〈近十年辭賦研究述評〉	李生龍撰	馬積高、萬光治主編《賦學研究論文集》成都：巴蜀書社	1991 年
〈從後杞菊賦看蘇軾出知密州時的心態〉	薛祥生撰	山東：齊魯書社《中國第十屆蘇軾研討會論文集》	1999 年

〈簡論蘇軾對韓歐古文成就的繼承與發展〉	曾子魯撰	山東：齊魯書社《中國第十屆蘇軾研討會論文集》	1999 年
〈蘇軾詩典故用語研究〉	羅鳳珠撰	新加坡國立大學主辦第五屆漢語詞彙語意學研討會	2004 年

三、學位論文

《魏晉詠物賦研究》	廖國棟撰	台北：國立政治大學中文所博士論文	1985 年
《蘇軾辭賦研究》	朴孝錫撰	台中：東海大學中文研究所碩士論文	1989 年
《蘇軾文論及其散文藝術研究》	黃美娥撰	台北：國立台灣師範大學國文所碩士論文	1989 年
《明清小說運用辭賦的研究》	高桂惠撰	台北：國立政治大學中文所博士論文	1990 年
《蘇軾記遊散文研究》	高顯瑩撰	台北：東吳大學中文所碩士論文	1991 年
《東坡文藝創作理論研究》	黃惠菁撰	台北：國立台灣師範大學國文所碩士論文	1992 年
《唐律賦研究》	馬寶蓮撰	台北：中國文化大學中文所博士論文	1993 年
《蘇軾「以賦為詩」研究》	鄭倖朱撰	國立成功大學中文所碩士論文	1994 年
《蘇東坡美學思想及其現代意義》	林鈺玲撰	台北：國立台灣師範大學美術研所碩士論文	1995 年

《漢代散體賦研究》	陳姿蓉撰	台北：國立政治大學中文所博士論文	1996 年
《六朝駢賦研究》	黃水雲撰	台北：文化大學中文所博士論文	1997 年
《東漢辭賦與政治》	何于菁撰	台南：國立成功大學中文所碩士論文	1998 年
《蘇軾的莊子學》	姜聲調撰	台北：國立台灣師範大學國文所博士論文	1999 年
《蘇軾辭賦理論及其創作之研究》	廖志超撰	台北：國立台灣師範大學國文博士論文	2004 年
《東坡辭賦研究──兼論蘇過辭賦》	李燕新撰	高雄：國立高雄師範大學國文所博士論文	2006 年
《蘇轍及其辭賦研究》	鍾玫琳撰	彰化：國立彰化師範大學國文所碩士論文	2007 年

附錄一　蘇軾辭賦創作年表

第一期：仁宗嘉祐中舉初仕時期（1059~1062）

蘇軾創賦年表	該年紀事	賦名
嘉祐四年（1059）	24 歲，秋 7 月，免喪。9 月，侍宮師自蜀還朝，舟行適楚，凡 60 日，過郡 11，縣 20 有 6。12 月 8 日抵江陵驛，留荊度歲。長子邁生。	〈灩澦堆賦〉〈屈原廟賦〉
嘉祐五年（1060）	25 歲，正月。3 月抵京師。授河南府福昌主簿，不赴。5 月，王安石召入為三司度支判官。上萬言書，言治財之道，此其變法之始也。	〈昆陽城賦〉
嘉祐 6 年（1061）	26 歲。7 月，秘閣試六論合格。8 月，赴崇政殿對制策，入第三等。授大理評事，簽書鳳翔府簽判。冬、赴鳳翔任。	
嘉祐 7 年（1062）	27 歲，先生在鳳翔，督運南山木筏，赴轄屬各縣決囚。	

第二期：神宗熙寧外任知州時期（1075~1078）

蘇軾創賦年表	該年紀事	賦名
熙寧八年 （1075）	40 歲，在密州任。2 月，王安石復相。11 月，葺園北舊臺，登眺其上，蘇轍名其臺曰超然，作〈超然臺賦〉。	〈後杞菊賦〉
熙寧九年 （1076）	41 歲，在密州任。10 月，王安石再次罷相，從此閒居金陵。12 月，以祠部員外郎直史館，移知河中府。	〈服胡麻賦〉
熙寧十年 （1077）	42 歲，2 月，抵陳橋驛，告下，改知徐州，不得入國門。是年徐州水患大作，先生率軍民防洪，治水有功，朝廷降詔獎諭。	
元豐元年 （1078）	43 歲，在徐州任。9 月 9 日，先生大合樂於黃樓，以蘇轍黃樓賦刻石，先生書其後。	〈快哉此風賦〉

第三期：神宗元豐貶謫黃州時期（1082~1083）

蘇軾創賦年表	該年紀事	賦名
元豐五年 （1082）	47 歲，在黃州。寓居臨皋亭，就東坡築雪堂，自號東坡居士。	〈黃泥坂詞〉 〈赤壁賦〉 〈後赤壁賦〉
元豐六年 （1083）	48 歲，在黃州。6 月，南堂成，10 月 12 日，夜過承天寺訪張夢得，相與步月。	〈酒隱賦〉

第四期：哲宗元祐在京時期（1086~1093）

蘇軾創賦年表	該年紀事	賦名
哲宗 元祐元年 （1086）	51 歲，先生在京師。3 月，遷中書舍人。7 月，先生奏乞罷青苗。8 月，遷翰林學士知制誥。蘇軾基本支持司馬光廢新法，逐新黨，但反對盡廢新法，特別是免役法，主張兼用其長。	〈復改科賦〉 〈通其變使民不倦賦〉
元祐二年 （1087）	52 歲，在京，為翰林學士。正月，朱光庭、王巖叟、傅堯俞等先後上疏爭論。公上辨箚，並請外。7 月，兼侍讀。	〈明君可與為忠言賦〉 〈三法求民情賦〉 〈六事廉為本賦〉
元祐三年 （1088）	53 歲，在京任翰林學士。9 月，先生因侍上讀祖宗寶訓，遂及時事，力言今賞罰不明，當軸者恨之。先生知不見容，再引疾乞外，特降詔不允。10 月，復以疾乞郡，臥病逾月，請郡不允。	〈延和殿奏新樂賦〉
哲宗元祐五年 （1090）	55 歲，在杭州。浚西湖，築長堤，修六井。	
元祐六年 （1091）	56 歲，在杭州。正月，除吏部尚書。2 月，改翰林學士承旨。3 月，離杭，沿途具辭免狀，至闕復上疏自辨乞去。6 月，兼侍讀。7 月，累疏乞外。8 月，除龍圖閣學士知穎州。	〈黠鼠賦〉 〈秋陽賦〉 〈洞庭春色賦〉
元祐七年 （1092）	57 歲，在穎州。2 月，移知揚州，3 月到任。7 月，除兵部尚書充南郊鹵簿使。8 月，兼侍讀。先生上章求補	

	外，不許。9月，至闕。11月，乞越州，不允，告下，遷端明殿學士兼翰林侍讀學士守禮部尚書。	
元祐八年（1093）（9月3日皇后崩）	58歲，在京師。6月，乞越州，不允。8月，告下，蘇軾以兩學士充河北西路安撫使，兼馬步軍都總管，出知定州軍州事。9月3日，太皇太后高氏崩。10月，到定州任。	〈中山松醪賦〉

第五期：哲宗元祐出入京師、哲宗元符流放海南時期（1098~1099）

蘇軾創賦年表	該年紀事	賦名
紹聖五年（6月1日改元）元符元年（1098）	63歲，在儋州。2月，蘇轍60生日，以沉香山子寄之作賦。4月，提舉湖南董必察訪廣西，至雷州，遣人過海，逐出官舍，遂買地城南，為屋五間，土人畚土運甓以助之。5月屋成，名曰恍榔庵。	〈沉香山子賦〉〈和陶歸去來兮辭〉〈酒子賦〉〈濁醪有妙理賦〉〈天慶觀乳泉賦〉〈菜羹賦〉
元符二年（1099）	64歲，在儋州。2月，轍生日，以黃子木柱杖為寄並作詩。	〈老饕賦〉

附錄二 〈新店賦〉

——摘錄全臺賦

　　原夫新店為水，源實出乎東山，流則會於西海。稟鯤瀛之靈秀，獨含潤而發彩。其山則明媚紆舒，其巖則恢奇磊塊，其樹則翠蓋扶疏，其淵則蔚藍靡改。朝朝暮暮，雨兮靈兮。上扶桑之曉日，迴返璧之夕曛。潛夭矯之龍子，降縹渺之神君。事非恍惚，境信繽紛。大雖不敢方夫江淮河漢，而美則有宜乎冬夏秋春。斯固酈元《水經》之所不註，亦霞客《遊記》之所未聞。

　　歲在壬戌，孟秋既望，江流有聲，野渡新漲。顧瞻徘徊，遼廓昭曠。魏子潤菴與客，冒雨遊於潭水之上，蓋欲修東坡赤壁之故事也。維時去元豐壬戌，八百四十有一年。感晴雨之無常，念人事之變遷。載傾佳釀，爰啟華筵。

　　客有騁雄辯者，撫今懷古，酒酣而言曰：「昔在魏武，虎視鴟張。臨江百萬，跋扈飛揚。短歌橫槊，慨當以慷。當此時也，呂布已剪，袁紹踵亡，迎刃而解，奄有荊襄。藐蕞爾之吳會，豈眼中復有所謂周郎者乎？然而周郎，丁家國之危疑，奮神威於一決。不共戴天，誓師喋血。仗我君之英明，藉東風之餘烈。一炬功成，千秋不滅。迄今過赤壁之戰場，又復弔沈沙之戟折。降至有宋，誕生東

坡。扁舟赤壁，良夜嘯歌。作為遊賦，才瞻文多。望美人之不見，託情愫於微波。識夫水之與月，道玄理而不磨。之二子者，其武功文事，豈不冠絕千古？惟是物換星移，萍飄梗聚。曾日月之幾何，亦同歸乎塵土。況吾與子，以樗櫟之庸才，際紅羊之劫後。武徒羨周郎之偉勳，而文不及蘇子之賦乎。詎得曰以新店一夕之清遊，妄後先而比偶。明月不來，江聲如吼。恐山靈之有知，笑金貂而續狗。生無表見，而沒又安能不朽者哉？」

　　魏子潤庵，危坐正襟曰：「諒哉客言。自古有命，於今亦。我生不才，有命在天。顧登壇而為將，統百萬之雄兵。懼父書之徒讀，蹈趙括以無成。願立朝而為相，依陰陽之燮理。懼美錦之學製，或貽譏乎青史。願致富而為商，腰十萬以纏緝。懼貨殖之不中，類東施之效顰。願著作而等身，冀立言於永久。懼此間之措大，或遂取而覆瓿，考所願之未達，徒契契以縈懷。仰先哲之芳躅，實無緣而攀階。於是遯跡韜光，槃阿容與。狎忘機之海鷗，笑飢鳶於腐鼠。援天道之循環，指乾坤為逆旅。則信乎素位而行，雖貧賤亦無入而不得其所，斯固大丈夫不得志於時者之所為，而知命樂天者，則惟吾與汝。且夫人生天地間，往往歎古人之不作，想其事而讀遺書。是故訪子雲之亭，拜諸葛之廬，豈不以其人之可慕，將頑興懦立，聞風而起余者乎？若謂其即夜郎自大，抗禮分庭，則何異於日月之己出，而爝火不息其熒熒？將山鷄之舞鏡，而遂妄為鸞鳳之分形？則誠非吾人之本意也。」

　　客喜而笑，引漁更歡。雲情雨意，夜氣漫漫。乃相與再約乎十月之望，攜酒與魚，重遊於新店之溪端。

附錄三 前、後〈赤壁賦〉

　　壬戌之秋，七月既望，蘇子與客泛舟，遊於赤壁之下。清風徐來，水波不興。舉酒屬客，誦《明月》之詩，歌《窈窕》之章。少焉，月出於東山之上，徘徊於斗、牛之間。白露橫江，水光接天。縱一葦之所如，凌萬頃之茫然。浩浩乎如馮虛御風，而不知其所止；飄飄乎如遺世獨立，羽化而登仙。

　　於是飲酒樂甚，扣舷而歌之。歌曰：「桂棹兮蘭槳，擊空明兮溯流光。渺渺兮予懷，望美人兮天一方。」客有吹洞簫者，倚歌而和之。其聲嗚嗚然，如怨如慕，如泣如訴，餘音裊裊，不絕如縷，舞幽壑之潛蛟，泣孤舟之嫠婦。

　　蘇子愀然。正襟危坐，而問客曰：「何為其然也？」

　　客曰：「『月明星稀，烏鵲南飛』，此非曹孟德之詩乎？西望夏口，東望武昌，山川相繆，鬱乎蒼蒼，此非孟德之困於周郎者乎？方其破荊州，下江陵，順流而東也，舳艫千里，旌旗蔽空，釃酒臨江，橫槊賦詩，固一世之雄也，而今安在哉？況吾與子漁樵於江渚之上，侶魚蝦而友麋鹿；駕一葉之扁舟，舉匏樽以相屬。寄蜉蝣於天地，渺滄海之一粟。哀吾生之須臾，羨長江之無窮。挾飛仙以遨遊，抱明月而長終。知不可乎驟得，托遺響於悲風。」

　　蘇子曰：「客亦知夫水與月乎？逝者如斯，而未嘗往也；盈虛者如彼，而卒莫消長也。蓋將自其變者而觀之，則天地曾不能以一

瞬;自其不變者而觀之,則物與我皆無盡也,而又何羨乎!且夫天地之間,物各有主;苟非吾之所有,雖一毫而莫取。惟江上之清風,與山間之明月,耳得之而為聲,目遇之而成色,取之無禁,用之不竭,是造物者之無盡藏也,而吾與子之所共食(適)。」

客喜而笑,洗盞更酌,餚核既盡,杯盤狼籍。相與枕藉乎舟中,不知東方之既白。

是歲十月之望,步自雪堂,將歸於臨皋。二客從予,過黃泥之板。霜露既降,木葉盡脫,人影在地,仰見明月。顧而樂之,行歌相答。

已而嘆曰:「有客無酒,有酒無餚;月白風清,如此良夜何?」客曰:「今者薄暮,舉網得魚,巨口細鱗,狀似松江之鱸。顧安所得酒乎?」歸而課(謀)諸婦。婦曰:「我有斗酒,藏之久矣,以待子不時之須。」

於是攜酒與魚,復遊於赤壁之下。江流有聲,斷岸千尺,山高月小,水落石出。曾日月之幾何,而江山不可復識矣!予乃攝衣而上,履巉巖,披蒙茸,踞虎豹,登虯龍,攀棲鶻之危巢,俯馮夷之幽宮。蓋二客不能從焉。劃然長嘯,草木震動,山鳴谷應,風起水湧。予亦悄然而悲,肅然而恐,凜乎其不可留也。返而登舟,放乎中流,聽其所止而休焉。時夜將半,四顧寂寥。適有孤鶴,橫江東來。翅如車輪,玄裳縞衣,戛然長鳴,掠予舟而西也。

須臾客去,我亦就睡。夢一道士,羽衣蹁躚。過臨皋之下,揖予而言曰:「赤壁之遊樂乎?」問其姓名,俯而不答。「嗚呼噫嘻!我知之矣。疇昔之夜,飛鳴而過我者,非子也耶?」道士顧笑,予亦驚悟。開戶視之,不見其處。

國家圖書館出版品預行編目

實情與幻境——蘇軾辭賦創作篇章之研究 / 葉亮
吟著.-- 一版.-- 臺北市：秀威資訊科技，
2009.08
　　面；　　公分.--(語言文學類；AG0115)
BOD 版
參考書目：面
ISBN 978-986-221-267-7(平裝)

1.(宋)蘇軾　2.辭賦　3.文學理論　4.文學
評論

845.16　　　　　　　　　　　　98012241

 語言文學類　AG0115

實情與幻境
——蘇軾辭賦創作篇章之研究

作　　者 / 葉亮吟
發 行 人 / 宋政坤
執行編輯 / 林世玲
圖文排版 / 鄭維心
封面設計 / 陳佩蓉
數位轉譯 / 徐真玉　沈裕閔
圖書銷售 / 林怡君
法律顧問 / 毛國樑　律師
出版印製 / 秀威資訊科技股份有限公司
　　　　　　台北市內湖區瑞光路 583 巷 25 號 1 樓
　　　　　　電話：02-2657-9211　　　傳真：02-2657-9106
　　　　　　E-mail：service@showwe.com.tw
經 銷 商 / 紅螞蟻圖書有限公司
　　　　　　台北市內湖區舊宗路二段 121 巷 28、32 號 4 樓
　　　　　　電話：02-2795-3656　　　傳真：02-2795-4100
　　　　　　http://www.e-redant.com

2009 年 8 月 BOD 一版
定價：250 元

讀 者 回 函 卡

感謝您購買本書，為提升服務品質，煩請填寫以下問卷，收到您的寶貴意見後，我們會仔細收藏記錄並回贈紀念品，謝謝！

1. 您購買的書名：_____

2. 您從何得知本書的消息？

　　□網路書店　□部落格　□資料庫搜尋　□書訊　□電子報　□書店

　　□平面媒體　□ 朋友推薦　□網站推薦 □其他_____

3. 您對本書的評價：(請填代號　1.非常滿意 2.滿意 3.尚可 4.再改進)

　　封面設計____　版面編排____　內容____　文/譯筆____　價格____

4. 讀完書後您覺得：

　　□很有收穫　□有收穫　□收穫不多　□沒收穫

5. 您會推薦本書給朋友嗎？

　　□會　□不會，為什麼？_____

6. 其他寶貴的意見：_____

　　_____

　　_____

　　_____

讀者基本資料

姓名：_____　年齡：_____　性別：□女 □男

聯絡電話：_____　E-mail：_____

地址：_____

學歷：□高中(含)以下　□高中　□專科學校　□大學

　　　□研究所(含)以上 □其他_____

職業：□製造業 □金融業 □資訊業 □軍警 □傳播業 □自由業

　　　□服務業 □公務員 □教職　□學生 □其他_____

To：114

台北市內湖區瑞光路 583 巷 25 號 1 樓

秀威資訊科技股份有限公司　　　收

寄件人姓名：

寄件人地址：□□□

(請沿線對摺寄回,謝謝!)

秀威與 BOD

BOD（Books On Demand）是數位出版的大趨勢，秀威資訊率先運用 POD 數位印刷設備來生產書籍，並提供作者全程數位出版服務，致使書籍產銷零庫存，知識傳承不絕版，目前已開闢以下書系：

一、BOD 學術著作—專業論述的閱讀延伸
二、BOD 個人著作—分享生命的心路歷程
三、BOD 旅遊著作—個人深度旅遊文學創作
四、BOD 大陸學者—大陸專業學者學術出版
五、POD 獨家經銷—數位產製的代發行書籍

BOD 秀威網路書店：www.showwe.com.tw
政府出版品網路書店：www.govbooks.com.tw

永不絕版的故事・自己寫・永不休止的音符・自己唱